クラインの壺

克莱因壶

（日）冈岛二人 著

张舟 译

化学工业出版社

·北京·

KLEIN NO TSUBO by Futari OKAJIMA

Copyright © 1989 Futari OKAJIMA

Original Japanese edition published by SHINCHOSHA Publishing Co., Ltd.

Simplified Chinese character translation rights arranged with SHINCHOSHA Publishing Co., Ltd.

Through Shinwon Agency Beijing Representative Office

Chinese simplified character translation rights © 2019 Beijing ERC Media, Inc.

北京市版权局著作权合同登记号：01-2018-4189

图书在版编目（CIP）数据

克莱因壶 / （日）冈岛二人著；张舟译 . — 北京：化学工业出版社，2019.9（2023.11重印）

ISBN 978-7-122-34603-2

Ⅰ．① 克… Ⅱ．①冈… ②张… Ⅲ．①长篇小说—日本—现代 Ⅳ．① I313.45

中国版本图书馆 CIP 数据核字（2019）第 105030 号

责任编辑：李　壬　　　　　　　　装帧设计：蚂蚁王国
责任校对：张雨彤

出版发行：化学工业出版社（北京市东城区青年湖南街 13 号　邮政编码 100011）
印　　装：三河市双峰印刷装订有限公司
880mm×1230mm　1/32　印张 9¼　字数 250 千字　2023 年 11 月北京第 1 版第 20 次印刷

购书咨询：010-64518888　　　　　　售后服务：010-64518899
网　　址：http://www.cip.com.cn
凡购买本书，如有缺损质量问题，本社销售中心负责调换。

定价：48.00 元　　　　　　　　　　版权所有　违者必究

"二人"世界　一个传奇

"曾有一段时期，我与推理完全绝缘。那时我沉迷于赛马，是冈岛二人的作品让我重拾对推理小说的兴趣。"

——日本著名本格推理小说家 歌野晶午

1989 年 4 月 28 日，在留下 27 部高水准的推理杰作[①]后，与岛田庄司齐名、叱咤日本推理文坛已有八年的冈岛二人，突然宣布退出舞台。选择在职业作家生涯最辉煌的时刻离开，此举颇令书迷们扼腕心伤，也让熟悉他们的同仁们唏嘘不已。不论后来者如何言说，在二十世纪八十年代的日本大众文学界，他就是一个传奇！

几年后，一位刚刚"出道"的作家井上梦人发表了《两个怪人：冈岛二人盛衰记》，这是迄今为止最著名的冈岛二人传记，也几乎是唯一的一本。书中详细记录了这位作家引退前的所有生活秘辛，涵盖了从近二十年前的"出生"到走上推理创作道路，经由乱步奖

[①] 以冈岛二人名义发表的作品其实有 28 部，但其中的《热沙：巴黎—达喀尔的 11000 千米》写的是作者随行体验达喀尔拉力赛的种种经历，是一本非小说，且出版于其封笔后的 1991 年。无独有偶的是，与之齐名的岛田庄司也写有类似的作品《瀚海航行》。

II

出道转为职业作家，再到焚膏继晷、源源不断的笔耕生涯，最后走向隐没的整个历程。其间种种，"感其况而述其心，发乎情而施乎艺"，足令读过这本书的每一个推理爱好者为之动容。而之所以会达到这样的效果，盖缘于井上梦人（本名井上泉）正是亲身经历者——"冈岛二人"这个写作双人组的其中之一。

没错！如果说有栖川有栖、法月纶太郎是日本的埃勒里·奎因，是其创作风格的模仿者，那么冈岛二人则是其创作形式的实践者，由井上泉与德山谆一两人组成的、一个名副其实的"合体作家"❶。

※ 两个怪人 ※

我曾在拙文《和风万华镜：日本推理小说诸面观》❷中，就推理小说的合作书写现象做了简要分析。根据松紧程度，这一现象大致可分为三种情况：一是由出版媒体确定一个专题（如阿加莎·克里斯蒂、江户川乱步等大师级作家的诞辰、逝世周年纪念）或主题（如密室推理题材），再邀请多位人气作家进行"竞作"表演，由于限定条件不多，这样的作品大多不具整体性，结构松散；二是所确定的专题或主题有比较明确且顾及开放性的基础设定（尤其是舞台、角色等方面，类似于我国的"九州幻想"小说），这样的作品在剧情、人物上都有不错的看点，尽管仍是多数作家参与的创作却具备一定的整体性，如《蛤蟆仓市事件》《堕天使杀人事件》等；三是像冈

❶ 亦称"复数作家"，即由两人及以上的作家共用一个笔名进行创作，比如埃勒里·奎因（Ellery Queen）就是由曼弗雷德·李（Manfred Lee）和弗雷德里克·丹奈（Frederic Dannay）这对表兄弟合用的笔名。
❷ 见文化书刊《知日》第17辑《了不起的推理》。

岛二人这样的由"合体作家"创作整体性和完成度都很高的小说，参与其中的作家各有分工，共同或分别完成数部长中短篇推理作。

上述三种情况，依出现概率来排序是递减的。严格而言，在日本推理小说史上，第三种情况只有过这一次。亦即就目前来看，冈岛二人几乎是空前绝后的。虽说比较知名的"合体作家"尚有越前魔太郎，但稍了解些状况的读者应该都知道，这个由乙一、舞城王太郎、入间人间、秋田祯信等近十位作家共用的笔名，只是徒具其表，因为以该笔名发表的作品实际并不存在"长期合作"的情况，而是由各位作家独立创作在基本设定上具备一定统一性和关联性的作品罢了。另一方面，确实也存在着夫妻❶、亲友等进行共同创作的情况，但一来不具备合体性（没有使用同一笔名），二来不具备长期性（顶多合作三四部作品即止），三来不具备稳定性（都还有各自的独立创作且以此为主业）。因此，冈岛二人才显得那么的难能可贵，毕竟与埃勒里·奎因相比，如果不是来自命运之神的眷顾，井上泉与德山谆一原本是分属两个不同世界的陌生人。

关于"两个怪人"的结识及其合作历程，在上文提到的那本"自传"中有着非常翔实而有趣的记述，下面我试作简略说明。这还得从 1972 年 6 月 12 日的那次搬家谈起——

当天傍晚，时年 21 岁的井上泉因为没有稳定的工作，生活颇为窘迫，而妻子又怀孕了，他不得不迁出与朋友合租的工作室，搬到了月租金相对低廉的阁楼居住。前来帮忙的友人向井上介绍了一

---

❶ 比较著名的例子就是石井龙生和井原真奈美，两人合著了至少三部作品，其中《阿兰布拉宫的回忆》获得第 15 届 ALL 读物推理小说新人奖，《消灭回头美人》获得第 5 届横沟正史奖。

位新朋友叫德山谆一（1943 年生），后者可以开车运送家具。这便是两人的初会，日本推理文坛一段佳话于焉开始。

当时的德山比井上年长七岁，任职于机械设计公司，无论是衣着打扮、待人接物，还是工作景况、生活品位，都显得要高出许多。井上学的是电影专业，梦想着未来能够成为这一行业的佼佼者。两人在兴趣爱好方面几无交集，真正促成两人合作的更多地来自德山对社会各个流行元素广博的涉猎，这其中就包括推理小说。

相识一年后，两人与那位共同的朋友合开了一家名为"巴别塔影像餐馆"的综合设计公司，主要从事电影、短片、写真的代理工作。但由于缺乏经验，又不懂得如何招徕生意，该公司没过多久就关张了。在没有业务、门可罗雀的某日，很早就已是推理小说迷的德山拿着当年（1973）的第 19 届江户川乱步奖得奖作《阿基米德借刀杀人》给正在公司闲坐无聊的井上看，不懂推理界行情、没读过几本推理小说的井上对该奖所提供的高额版税感到不可思议，便开玩笑说不如报名参赛、试试运气呢。公司倒闭后，在发明专利、动画制作等多条创业之路上都遭遇碰壁的两人，最终决定将人生赌注押在推理创作上，此前的一句玩笑话成了现实❶。

1975 年 9 月 20 日，两人商定将乱步奖当成龙门，首要目标就是以职业推理作家的身份出道。一年半后的某天，在准备首次投稿时，他们的脑中突然浮现出著名喜剧电影《单身公寓》❷的片名，

---

❶ 这段时期两人在工作之余亦有小说创作，以"市富柚子"为笔名。但彼时的创作，只为暂时消除和逃避创业过程中的艰辛和苦闷，并非以之为人生目标。

❷ 英文原名为 The Odd Couple，该片的日文译名为《おかしな二人》，读作"Okashina futari"，意即"两个怪人"。

遂以发音近似的"冈岛二人"❶为笔名。这一决定，两人坚持了七年之久才梦想成真。其间，他们过着边打工（以短工为主，曾当过柏青哥店员，也曾参加一些剧本创作用以练笔）、边阅读（近乎"推理小白"的井上为了实现目标"豁出去了"，开始大量阅读推理小说）、边构思（主要由德山负责）、边创作（主要由井上担当）的生活，共投稿了四部作品参赛，分别为1977年的《倒下吧，巨象》❷、1979年的《侦探志愿》❸、1981年入围决选的《希望明天好天气》❹和1982年最终得以登龙的《宝马血痕》❺。在这段漫长的岁月里，江户川乱步铜像和1000万日元奖金❻成为指引他们前行的明灯，而其醇熟的写作技巧、恰当的合作方式也正是在这些"屡败屡战"的经验中逐渐形成的。

　　按照井上的说法，两人的合作大致是一种类似于"滚雪球"的方式进行，即由某人发想一个点子，另一人接收后加以改良再传回

❶ 读作"Okajima Futari"。

❷ 一部棒球推理小说。由于首次应征就通过初选进入了复选，为冈岛之后的创作树立了信心。

❸ 这部本来自信满满的第二作却连初选都没有通过，令两人大受挫折。

❹ 冈岛的首部绑架推理小说，经大幅度改稿后于1983年得以刊行，成为冈岛实际上的处女作。其落选理由是当届评委之一的夏树静子认为该作的核心诡计在现实中无法实行，且已有前例。后来，冈岛曾专文对该评审意见予以反驳，指出该诡计在投稿的当时是可以实行的，而且整部作品的重点和魅力即在于这个完美应用上，而非诡计本身是否被人创造过。值得一提的是，冈岛在绑架推理题材上的大部分创意，都是在1977、1978这两年间想好的。

❺ 获得的是第28届江户川乱步奖。需要指出的是，当届产出的是"双黄蛋"——另一部获奖作是中津文彦的《黄金流沙》。另外，《宝马血痕》是繁体中文版的译名，日文直译应该是《焦茶色的粉彩》（焦茶色のパステル，"粉彩"为作品中涉案赛马的名字）。

❻ 乱步奖的正奖为一尊可托在手掌中的江户川乱步铜像，副奖为1000万日元的高额奖金，在每年的授奖仪式上由日本推理作家协会时任理事长颁予获奖者。

去，然后接着改良不断精进，最终形成小说未来的核心部分。具体分工是：德山负责将核心以"伏线→收线"的形式串联起来，并决定具体的细节的部分（如人物对话、舞台场景等）；井上根据德山提供的内容列出纲目，执笔撰写整个故事。形成这样的合作方式，多少与两人各自的生活习惯、人生经历和性格特征有关，比如德山社会阅历丰富，熟悉大众文化潮流动向和各种公众性娱乐活动（特别是棒球、赛马、拳击、保龄球等体育运动和艺能界活动），具备产生灵感的沃腴土壤，在设想背景、对话等方面也得心应手、如临实境；井上则"宅人"味较重，对高科技的东西有很大兴趣，且沉浸于私人文艺活动（如读书、观影、听音乐、打电动等），具备专事创作的内外部条件，也容易静得下心来一气完成整部作品。

　　然而，正应了"合久必分"的定律，在正式出道尤其是1985年凭借《巧克力游戏》夺得第39届日本推理作家协会奖之后，这对兴趣迥异、性格互补的写作伴侣的"蜜月期"开始走向尽头。一方面，频繁的书商邀稿和媒体约访、严苛的创作截稿日等外部环境导致他们再也无法依照此前的合作方式进行创作（需要在灵感衍生、素材处理、构思布局、细节设置、行文结构、书名人名等多个层面进行反复研讨，费时费力太多，与出版方的要求矛盾日显）；另一方面，对推理小说的认知、创作主题的考虑等内部环境也发生了嬗变，两人之间的落差越来越大（大抵是德山老派持重、井上新生图变，讨论时经常无法达成共识）。1989年，两人以《克莱因壶》作为"诀别宣言"（其实是由井上独立完成❶），告知世人冈岛二人正式"拆

---

❶ 井上在回忆录中这样写道："我要一个人写。因为那本来就是我的作品。"

伙"。嗣后，两人分别以田奈纯一和井上梦人为笔名，各自开辟了"单身公寓"独立过活（从取得的成就来看，分手后的德山渐趋沉寂，远不如井上声名依旧❶）。

※ 绑架的冈岛 ※

曾有一段时间，冈岛二人在日本就是"绑架推理"的代名词，尽管从数量上来看，他这方面的作品只有五部，并不比其同样擅长的"体育推理"多。但由于冈岛的"诱拐物"❷气质实在独特，且质量一本比一本高，往往予人难以磨灭的深刻印象，遂有读者将他与几乎同期出道、热衷书写"分尸杀人"题材的岛田庄司合称为"分尸的岛田，绑架的冈岛"❸。

根据《两个怪人》一书中的描述，"绑架"是井上和德山唯一共同喜爱的题材。在"绑架推理"真正成为冈岛作品的主要标签之前，带有深深的德山印记的"体育推理"才是主流，而其出版的前三部作品更无不以"赛马"为题材，有着"赛马三部曲"之称。因此，

❶ 德山谆一在 1991 年于《小说推理》杂志发表了长篇作品《猫步》，该作并未得到单行本化的机会，之后他只是为推理节目、推理剧和漫画担当谜题或诡计的设计者，却未再有新作问世；而井上泉则已著有十四部质量不低于两人合作时期的小说，始终回应着读者的期待。

❷ 日文中"诱拐"即指"绑架"，而"诱拐物"则是书评人士和资深读者用来指称冈岛创作的"绑架推理小说"的专有名词（在日本，以"物"为后缀多用以彰显某位作家的一定数量作品有着整体的、区分度较高的独特风格气质，比如逢坂刚的作品就有"西班牙物"之称）。

❸ 日文写作"バラバラの島田、人さらいの岡嶋"（后者亦作"誘拐の岡嶋"）。岛田庄司于 1981 年 12 月凭借本格推理迷心目中的"梦幻逸品"、乱步奖历史上最著名的"遗珠"（落选作）《占星术杀人魔法》正式出道，而冈岛二人则是在不到一年后的 1982 年 9 月以乱步奖获奖作《宝马血痕》出道。

十分有必要稍微花些时间先来谈谈这部分作品。

对于冈岛二人的作品特质，日本的推理评论家和读者们的观点几乎是一致的，无外乎"浅显易懂的行文风格""存在感强烈的人物造型""令人眼花缭乱的剧情铺展"等，这在其出道作《宝马血痕》中已初现端倪。故事以发生于某知名牧场的赛马评论家、牧场长及两匹纯种赛马被射杀的事件揭开序幕，由正准备与该评论家离婚的妻子和她在赛马杂志当记者的好友组成侦探二人组追踪案件真相。作者借浅白流畅的对话、层层推进的剧情，让即使对赛马运动一无所知的推理迷也能轻松阅读，而在对射杀案凶手及动机的探寻过程中又加入了名马血统问题、群体贪腐事件等内容，结构缜密、意外迭起，足见其不凡笔力。但本作的缺点也是明显的——本格诡计稍显单薄，而社会派议题、主角本身的家庭感情羁绊等描写则接近蜻蜓点水、触及不深，很难对读者造成较大的冲击力。

之后，冈岛二人于1983年推出的第二作《第七年的勒索信》、第三作《希望明天好天气》也都是"赛马推理"❶。前者讲的是中央赛马会接获"让指定的马获胜"的勒索信，随后恐吓事件成真，而经过追查，线索竟然指向了七年前的一场马传染性贫血病。后者讲的是一匹价值三亿二千万日元的纯种名驹遭遇意外性骨折，相关人员突发奇想——将其毒死后伪装成绑架案——于是原本带有揭示赛马界黑幕的社会派推理色彩的故事转向了"如何顺利拿到巨额赎金"这一娱乐性更胜一筹的绑架诡计遂行上，这也是冈岛首次踏足

---

❶ 尽管这之后冈岛的选题不再与赛马界接壤，但毕竟是用到熟烂的材料，偶尔还是会忍不住技痒，将相关内容巧用在意想不到的地方。这方面比较典型的例子就是《巧克力游戏》，此时的"赛马"桥段就只是谜团设计中不可或缺的一环而非主题了。

"诱拐物"，其可读性明显高于出道作。

依仗"赛马三部曲"的成功，冈岛得以超越海渡英佑、佐野洋、西村京太郎、三好彻等多位从事过"赛马推理"创作的前辈，赢得了"日本的迪克·弗朗西斯[1]"这一美誉。

自《希望明天好天气》开始，冈岛二人又先后创作了《锦标赛》（1984 年）、《藏得再完美也……》（1984 年）、《七天内的赎金》（1986 年）、《99% 的诱拐》（1988 年）等四部绑架推理小说，从而正式走进"诱拐物"的世界。其中，《锦标赛》延续了前作"体育推理"结合"绑架推理"的风格，讲的是某著名拳击手的外甥遭绑，绑匪却提出了令人吃惊的奇怪条件——不要赎金，只要在即将开打的锦标赛中击倒（K.O.）对手获胜就放回人质——本作是一部在绑架条件上独出机杼的作品；而《藏得再完美也……》则是将警匪斗智的绑架议题放到了艺能界，说的是一名新人歌手遭绑，歹徒提出了一亿日元的赎金要求，作品除了在赎金领取环节这个"绑架推理"最有魅力且最具挑战性（对作者要求较高）的部分有不错表现外，还夹杂了不少演艺行业的内幕描写，颇有些社会派推理风味。如果说这前三部作品只是冈岛的"诱拐物"中达到较高水准的开胃甜点，那么后两作则是真正帮助其完成"冈岛二人＝绑架推理"这一等式

---

[1] 迪克·弗朗西斯（Dick Francis），1920 年 10 月 31 日生于威尔士。受职业赛马师的父亲影响，他自少年时代就喜欢骑马。第二次世界大战中，他在皇家空军服役六年。战后，他顺利成为职业骑师，被授予全英冠军骑师的光荣头衔。1962 年，迪克开始转向与运动生涯相关的"赛马推理"创作，从首作《宿命》（*Dead Cert*）到去世后出版的《交火》（*Crossfire*），他创作的四十多部推理小说基本都是赛马题材。1980 年，他获得英国犯罪作家协会（CWA）颁发的金匕首奖；1990 年，更被授予代表英国推理界至高荣誉、带有终生成就意义的钻石匕首奖；1995 年，他凭借《无由之灾》（*Come to Grief*）获得了由美国推理作家协会（MWA）颁发的爱伦·坡最佳小说奖，并于翌年被授予大师奖。

的大餐了，尤其是完成度极高、在同侪中出类拔萃、被视为其生涯代表杰作之一的《99%的诱拐》。

　　一般来说，绑架推理的主要看点就在于施救方（以警方、人质家属为主）与犯罪方（基本就是绑匪了）之间斗智斗勇的"攻防战"，而"标的物"（绝大多数情况下是赎金）进行交割的桥段则设计成作品的高潮部分。冈岛前三个"诱拐物"的重心还是停留在了对施救方、犯罪方、"标的物"和交割过程这四大要件的"创新"上，比如不再是赎金、别具一格的"标的物"（《锦标赛》），施救方与犯罪方身份的转换（《希望明天好天气》《99%的诱拐》）等；后两个"诱拐物"则野心更大，将整个绑架事件当作表层，原本应是高潮的交割戏码却只是前戏和外衣，后面居然别有洞天，有另一个更加复杂诡谲、惊心动魄的绑架事件（《99%的诱拐》是由过去与当下两个互有关联的绑架案构成整个故事），或完全推翻整个事件性质和创作旨趣的内容（《七天内的赎金》实质上是披着绑架之皮的"密室物"）在候着读者，这就是冈岛二人厉害之处——即便是同样的主题（体育推理、绑架推理），也不会出现重复的哪怕是近似的内容——反观二十世纪八十年代，在大多数推理作家都投向冒险动作小说、旅情推理小说的怀抱，创作风气被带往样板化、公式化的渊薮的大势之下，冈岛逆流而动、求新求变、注重"剧情至上"、奉行娱乐主义的思路轨迹，这一点与抱定和坚守本格创作的岛田庄司同样令人钦佩❶，亦是读者之福。

---

　　❶ 参见拙文《日本"本格冬天"里的孤军奋战》，地址：http://book. douban.com/review/1708781/。

《七天内的赎金》开头就直接进入赎金交接环节，当这个看似是"诱拐物"的故事铺展到大约60页的时候，剧情猛然斗转星移向"密室推理"发展❶。该作的另一大看点是侦探二人组近石千秋与槻代要之助的恋爱故事，特别是千秋心理上的细微变化体现在作者的笔端堪比高端的爱情小说，这也是向来讲求"剧情至上"的冈岛难得如此纯粹地在不影响本格元素发挥作用的前提下，将角色魅力当作一档正事来锻造❷。

相较而言，《99%的诱拐》则呈现出了另一种独特气质——"多重绑架"，是冈岛"诱拐物"的集大成之作。第一章的内容是受害者（人质的父亲）关于二十年前发生的绑架事件的手记，这一事件以警方失败、赎金被取走告终。自第二章开始，视点转移到现代：某品牌制造商社长的孙子被绑架，赎金要求为价值十亿日元的钻石。绑匪自始至终使用的是电脑合成音，且从未露脸，可谓高科技罪犯。而进行钻石交接的角色，被指定为二十年前那次绑架事件中的人质生驹慎吾。现代的事件中绑匪如何拿到赎金，过去的事件由谁策划实施，犯罪动机是怎样的……种种疑问在最后有了一个近乎完美的大收束。该作的"多重绑架"除了体现在"绑架案＋绑架案"的结

---

❶ 推理作家斋藤纯在为《七天内的赎金》撰写的解说中这样写道："把这本书算作绑架推理，简直是一种欺诈行为……或者说，这本身就是作者使用的本格诡计。"另外值得一提的是，本作中使用的核心诡计，灵感来源于冈岛的第二本乱步奖落选作《侦探志愿》。看来，作者还真是不愿轻易丢掉曾经的创作成果，哪怕它不被评委认同。

❷ 以至于该书出版后有众多读者呼吁作者创作更多的系列故事，好好交代千秋与要之助这对恋人的感情未来，但冈岛显然并没有回应这一呼声。关于作者为什么要在故事主线外安排这一大有看头的恋爱支线，当时也有书评人推测侦探二人组的关系，实际上是冈岛这个写作组合中两位作家关系的曲折写照，但井上并没有在《两个怪人》中予以针对性的阐述。

构设置且两案互有对应、因果关系这一剧情安排上外，还植根于牵涉其中诸色人等的外在行为模式、内心情感表达皆受事件的"绑架"而无法脱出这一深层设定。正是凭借《99%的诱拐》的优异表现，冈岛二人顺利斩获第十届吉川英治文学新人奖，只不过这对"新人"在仅仅一年后就解散了，还真是说不出滋味的讽刺啊。

在制造"诱拐物"的空当，冈岛二人也创作了不少其他题材的作品，其中就有同样被视作其代表作的《然后，门被关上了》（1987年）和《克莱因壶》。前者是部纯本格作品，被评为"极北❶的逻辑游戏小说"；后者为科幻推理，且被认定是日本"虚拟实境"❷的开山之作（在当时，该技术属于超新科技，其概念尚未普及，大众知之甚少❸）。这两本书与《99%的诱拐》并称为"最高的冈岛三作"。

《然后，门被关上了》讲的是某富豪的独生女在自家别墅中横死，当时别墅中还有四名年轻男女，据称都是死者的朋友，受其邀请前来游玩。死者的母亲认定杀死女儿的凶手就在这四人当中，于

---

❶ 日文中极北的本义是"最北面""接近北极之所"，后引申为"事物达到极限之处"。

❷ 即 Virtual Reality，又译为"虚拟现实"，简称 VR。指的是利用电脑模拟产生一个虚拟世界，提供给用户关于视觉、听觉、触觉等感官的模拟，让用户如同身历其境一般。该技术集成了计算机图形、计算机仿真、人工智能、感应、显示及网络并行处理等技术的最新发展成果，是一种由计算机技术辅助生成的高技术模拟系统。一般认为，此概念是由杰伦·拉尼尔（Jaron Lanier）和他的公司创造并推广的，他们开发了第一个被广泛使用的头戴式可视设备（EyePhone）和触觉输出设备数据手套（Data Glove，《克莱因壶》中出现的那款 K1 手套即以之为蓝本）。

❸ "虚拟实境"概念在日本的普及是在二十世纪九十年代中后期，随着《割草者》（The Lawnmower Man）、《异次元骇客》（The Thirteenth Floor）、《黑客帝国》（Matrix）等一大批以这一技术为题材且备受欢迎的电影热映，才开始大量出现与之相关的小说、漫画、电影、动画。

是设计将他们关在逃不出去的密室里，让他们回忆当时的状况，经由彻底的讨论找出真凶。伴随时间的推移和推理论战的白热化，四人相互猜忌、嫌隙横生，真相也逐渐浮出水面。本书的魅力在于将舞台设定为极限的密闭空间，而且在只有四个嫌疑人的情况下，所谓的真凶真相却不断翻转，到最后所还原出来的整个事件是骇人听闻的。由于冈岛甚少写纯粹的本格推理，这使得本书凭借极高的意外性、可读性和逻辑性，成为其难得被多个经典推理榜单（尤其是本格榜单）都予以收录的作品。

冈岛二人的告别作《克莱因壶》是一本手记，内容是主角上杉彰彦投稿参加某游戏书原作大赛却铩羽而归，不久某公司表示愿买下该作版权并利用虚拟实境技术将之改编为新型体感游戏，还邀请其在游戏制作完成后帮他们进行测试。在多次试玩的过程中，上杉开始对该公司产生了诸多疑问，但同时也因分不清虚拟和现实，逐渐丧失了自我意识……总的来说，这是一部拥有"噩梦特质"的小说，由于手记体本身所使用的第一人称叙述视点，加上流畅的行文、跌宕的剧情、悬疑的氛围和开放式的结尾，造成读者在阅读过程中极易产生身临其境的强烈代入感，必将是一次鲜有的、堪比 3D 观影、脑洞大开的、深陷其中难以自拔的独特体验，这是"由魅惑文字构成的饕餮盛宴"。

※ 八年的遗产 ※

借由近八年的创作成果，冈岛二人留给后世推理作家的遗产难以计数，其中最主要的就是"拒绝重复"的创作态度，这造就了其作品的主题多样性、角色非系列化和阅读过程高享受感。

冈岛笔下的主题相当多元，除了"体育推理"和"诱拐物"外，还著有其他题材的作品，如摘得第39届日本推理作家协会奖的校园推理力作《巧克力游戏》（对校园霸凌、学生犯罪等社会派议题和"不在场证明"等本格诡计多有涉及，值得一读）、触及征信业内幕的写实本格杰作《解决还差6人》（1985年）、B级悬疑惊悚大作《血腥圣诞夜》（1989年）、幽默推理连作短篇集《该死的星期五》（1984年）和长篇《非常卡路迪亚》（1985年）、只有在特定的不可能状况下才能追查犯人的"奇味"推理《不眠之夜的杀人》（1988年）和《不眠之夜的报复》（1989年）、质量齐整风格各异无一劣作的短篇集《开个没完的密室》（1984年）和《被记录的杀人》（1989年）、难度超高的游戏书原作《查拉图斯特拉之翼》（1986年）、堪称"诡计大全"的极短篇谜题集《不妨当个侦探吧》（1985年）等。这样的创作广度是德山、井上两人在各个领域爱好叠加和知识经验层面互补的结果，如此"多面"恐怕在同时及后来的作家中大概也只有栗本薰、宫部美雪、东野圭吾等寥寥几人能够企及。

不想创作系列角色也是冈岛二人的特征之一，井上曾公开表示，"对于用过一次的角色，我们都十分反感，因此基本不会写系列小说"。事实亦确乎如是，他的二十七本推理小说中出现过的系列角色就只有连作短篇集《吾乃万事通大藏》（1985年）中的钉丸大藏《该死的星期五》和《非常卡路迪亚》中的"山本山二人组"、《不眠之夜的杀人》和《不眠之夜的报复》中的"搜查0课三人组"，且出版册数均未超过两本。几乎可以断言，"讨厌系列角色"根本就是冈岛二人注重和贯彻"剧情至上"理念的必然结果。从本格推理与社会推理的区别特征来看，前者更加依仗诡奇的剧情来吸引读者，角色的性格、身份是服务于剧情发展的；后者则靠人物的魅力及其身上所投射出的社会现象来引起读者共鸣，由人物性格来决定命运暨剧情的走向。通观冈岛二人的作品，其骨子里还是偏向本格的多，即便在其中掺杂了一些敏感的、流行的社会议题，也多是或闲笔带过或含蓄窥探，甚少以之为旨、深触其核，因此往往造成人物略显扁平、个性不足等缺憾。对于这一点，《两个怪人》中也有提及："登场人物只是'棋子'，是为剧情而存在，是为将包含故事的小说全体引导至同一个方向而存在……（但）即使是'棋子'也得下一番功夫，让读者感觉不出他们是'棋子'。"也就是说，冈岛对角色的塑造态度是在保证"剧情受我控制"的基础上，尽量给予登场人物鲜明的个性。这也是为什么虽然冈岛笔下的角色失之圆润，却也不是随处可见的白纸一张，像《99%的诱拐》中的生驹慎吾、《克莱因壶》中的上杉彰彦，就都是令人深刻的人物形象。

　　大抵来说，"剧情至上论"的本质是小说创作（特别是类型文学创作）的娱乐主义精神在作祟。倘若放在"作者—作品—读者"这个三元结构中，可以发现看重"在剧情上逐渐逼近事件核心，要尽可能制造越来越高的阅读快感"的冈岛，明显是将读者放在第一位的，作品必须满足读者的感受。出于希望读者充分享受阅读过程的考虑，冈岛的作品鲜见单个"梗儿"从头耍到尾，而是谜团持续增加、悬念持续增高的"脑力风暴"，犹如"长江三叠浪"般绵延不尽。因此，冈岛的推理小说常常拿起来不看完是没法放下的，有时即使看完了也还在引人继续思索个中关节，比如《然后，门被关上了》《克莱因壶》便是如此。

　　冈岛二人息影文坛的这许多年来，其遗产已成为新秀作家们的成长养料，贯井德郎、歌野晶午等人都曾受教良多，甚至创作了质量不低的致敬作品。

　　现在，冈岛和岛田分别栽下的大树皆已根深叶茂，其枝枝蔓蔓无不向世人诉说着"推理无限大"的终极奥义。

资深推理人　**天蝎小猪**

克莱因壶，Klein bottle。在数学领域中，Klein bottle 是指一种无定向性的平面，国内通常译为克莱因瓶。由于原作者使用了"壶"这一汉字，因此本书采用了"克莱因壶"的译法。

著作权使用契约书

　　著作权持有人上杉彰彦（甲方），伊普西隆研发股份有限公司（乙方），就《Brain Syndrome（脑部症候群）》这一作品的著作权使用细则，签订契约如下：

　　第一条　甲方同意乙方自契约签订之日起五年内，以上述作品为原作，开发游戏装置"KLEIN-2（暂名）"，并在全国范围内游乐场所进行商业销售。

　　第二条　甲方同意乙方以本契约为基准，根据游戏软件及游戏装置的实际需要，使用上述作品制作各种宣传资料并使用。

　　第三条　乙方在本契约签订之日起一个月内，向甲方支付

　　　　　　　一金二百万圆也（含税）

作为前两项的著作权使用费。

　　第四条　甲方在本契约签订之日起五年内，不得同意乙方之外的第三方自行或委托他人，对上述作品进行游戏、电影、电视节目、广播节目、戏剧、出版物等任何形式的改编。

---

　　❶ 一金二百万圆也：金额是二百万日元整。——译者注（如无特殊说明，后文注释均为译者注）

第五条 如有一方违反本契约中的条款，另一方可解除契约，若因此蒙受损失，可索取赔偿。

第六条 第一条约定期满之后，乙方若打算继续使用上述作品，需获得甲方书面同意。届时，关于著作权使用费，由甲方与乙方另行协议。

第七条 本契约如有未尽事宜，甲乙双方需本着诚信原则协商解决。

本契约一式两份，由甲乙双方签名盖章后各执一份为凭。

平成三年二月十日

（一九九一年二月十日）

甲方

东京都世田谷区新町四之十二之七　福泽庄八号室

乙方

神奈川县川崎市高津区沟之口二〇一五

伊普西隆研发股份有限公司

董事长

01

这是我和伊普西隆公司签的契约书。事实上，我不知道这东西能不能作为证据发挥效力，不过，我决定姑且把它贴在笔记本的第一页上。

有必要的话，请把它小心翼翼地撕下来，拿去做科学鉴定，我想，这样你们就能确定这东西是真货了。

举个例子吧，请你们看我的签名下方，在相距2.5厘米左右的地方有一小块模糊的污迹，其实那是我左手食指的部分指纹。我在签名前，用钢笔在契约书旁的报纸空白处试写了一下，当时手指沾到了墨水，我却不知道，就在契约书上写下了自己的名字。直到要盖章时，我才发觉这污迹，我跟乙方说那就重签一份吧，但乙方说没关系，于是就用了这份。

从契约书上应该还能查出别人的痕迹。如果那些痕迹没有随着时间的流逝而消失，那么至少还能查出两个人的指纹。

其中一人名叫梶谷孝行，是伊普西隆公司的营业企划部部长，契约书就是他递给我的。

"请在这里签名，名字下面盖章，然后在文书两页纸的交界处盖上骑缝章。"

他一边说，一边用手指点出我应该填写或盖章的位置，所以契约书上肯定到处都有他的指纹。

另一个人名叫敷岛映一，是我的姐夫。我把这份契约书拿到姐姐那里炫耀过。不管怎么说，作品即将制作成游戏，对我来说可是了不得的大事，当然想向人炫耀了。我上门时姐姐邦子刚巧在准备晚饭，她手指湿漉漉的，不能摸契约书，就让映一拿起来，好方便她看内容。因此，契约书上没有她的指纹，真遗憾。

不光是指纹，我记得以前在书上看到过，根据汗水和唾液也能测出血型。我不确定梶谷孝行是否有翻页时用拇指沾口水的习惯，但没准能在契约书的边角上检验出他的唾液。

因此，只要详细检查，就能证明这份契约书绝非伪造。即使有某些因素令他们声称"对此契约一无所知"，它应该也能确凿地证明我与伊普西隆公司的关系。撒谎的不是我，诬陷我撒谎的那帮人才是满嘴谎言。

如今我正在逃亡。

此处是山里的一栋古老建筑，大概是谁家的别墅吧。建筑物后方堆着的柴火长满了苔藓。一辆自行车倒在正门旁边，锈得跟一堆铁屑似的。想必最近这里已经完全没人住了。现在，我就在这栋建筑的阁楼里写着这本笔记。

当初是为了避雨才钻到了阳台下。我拨开杂草，在湿漉漉的泥地上爬行，最后眼前出现了一堵带裂缝的水泥墙。墙上开着一个五十厘米见方的小窗，蒙着纱网的木框摇摇欲坠，轻轻一拉就掉下来了。拨开蜘蛛网，只见暗洞里有三块扭曲的铁片，大概是通风扇吧，我试着伸脚去踢。随着一声巨响，铁制的扇叶落入了暗洞深处。我从这里钻进了建筑物内部。

进入的地方似乎是机械室，水泥地上摆着小型锅炉，蜿蜒着锈铁管的墙对面有扇门。地和墙都潮乎乎的。屋里听不到任何声响。我打开门，里面像是地下储藏室，两侧的墙上有整排的木架，上面乱糟糟地堆放着因受潮而膨胀变形的纸箱。从纸箱缝隙中突然蹿出了一只受惊的老鼠，吓得我把正要伸过去的手又缩了回来。

狭小的储藏室深处有楼梯。我上楼梯来到一楼的走廊，走廊左侧是厨房，右侧是客厅，沿着走廊直走，可抵达建筑物的正门。

不到十分钟我就把整栋建筑探了个遍。房子分上下两层，一楼是客厅、和室及餐厅，二楼只有两间卧室。里侧卧室的墙边架着梯子，爬上去就是阁楼。这是一个只有四叠❶大的小房间，但窗外景致极佳。

滑落溪谷的绿色斜坡和斜坡彼方的连绵山峦自不待言，最重要的是能看见屋前的道路，倘若有人上山，从这里一望便知。从县道分岔出来的山道沿着河流通向顶峰。偶尔会有山脚下的镇民开小卡车上来，或是男男女女的旅行者迈着悠闲的步子登山。除此之外见不到其他人影，更别说有人会从山道转入通往这里的岔路了。

我很喜欢这里。于是我返回地下室，钻出通风扇的窗口，去山脚下的村镇买来了食物和笔记本。我把桌椅搬到阁楼的窗前，坐下来翻开了笔记本。只要一抬头就能看到屋子下方的山道，如果有人靠近，用不了三分钟，我就能带着笔记本躲进地下室。

身上带的钱够买一个月的食物，这个时间足以让我写完自己的经历吧。

那么，从哪里下笔好呢？

不管结局如何，对当前的我来说，唯一能做的就是如此这般把自己的经历以某种形式记录下来。我不知道这有什么意义或价

---

❶ 一叠约 1.62 平方米。

值。对意义和真相的探索已经让我疲惫不堪，再深究下去，想必也只会再次在原地打转罢了。

现在的我，就像一条咬住了自己尾巴的蛇，一条不断吞食自己身体的大蟒蛇。

吞食到最后会剩下什么？皮肤和胃囊翻转过来的自己吗？还是只剩下意识——所有的一切都已被吃光，却依然觉得没吃够的意识？

现在的我，大概只能希望吃到最后自己还能剩下一点残渣。

02

就让我从试作品开始谈起吧。

那玩意看起来就像连着电线的手套或是厨房用的那种隔热手套。长至肘部，银光闪闪。我试着摸了摸，带有光泽的表面有点暖。夹层里大概灌满了液体，按上去能感到有黏稠的物质在内侧反压我的手指。

"要把手伸进去吗？"

我问道，百濑伸夫点点头。

我环顾着研究室——没有窗，纵深七米，宽四米，很宽敞，但除了一扇通往走廊的门，四周就只剩下裸露着混凝土的墙面。

我正坐在椅子上，左右两侧各有一人。坐在我右侧的男人叫

百濑伸夫，站在我左侧的男人是梶谷孝行。我第一次来这间研究室，
是梶谷带我来的。

　我面前的大桌子上仪器堆积如山。他俩叫我把手臂伸出来，
就像要打针似的，把我的Ｔ恤袖子卷到了肩膀，还笑嘻嘻地等着
看我的反应。

　"伸进去后会怎样？"我问道。

　百濑摇摇头，说："总之你把手伸进去试试。与其听我说，
还不如实际体验一下来得快。绝无危险。"

　"……"

　我拿起了长手套。粗粗的电线从连指型手套❶的前端延伸至仪
器。我的眼前是一台显示器，屏幕显示着一个绿色圆圈正在十字
坐标的中央微微颤动。拿起手套的一瞬间，屏幕中的圆圈就大幅
度地晃动着，扭曲变形起来。

　我缓缓将右手伸进手套。里面很暖和，感觉湿乎乎的。

　"请插紧，直到指根抵住手套。"

　百濑看着显示器说道。屏幕中的圆圈扭来扭去，显然与我的
手部动作是连动的。

　这玩意的内部完全跟手套一样。我确认着每根手指的位置，
按照百濑的要求，把手指插到指根被抵住为止。

　"觉得紧吗？"百濑问。

　我点点头。

　"就像戴了个快被撑破的橡皮手套。"

　"我这就进行调整。"

---

　❶ 原文是"mitten"，特指那种四指不单独分开的手套。

百濑看着显示器，缓缓推动键盘旁的控制杆——它看起来就像电视台摄影棚里常备的控制杆。

"啊……"压迫手指的力量忽然消失，我不禁叫了起来，"变松了。"

"嗯，手指上还有异物感吗？"

"嗯，有一点点。不过里面很松，几乎感觉不到了。"

"再调整这么一点就行了吧。"

百濑又推了推控制杆。

"……"

我的右手产生了非常奇妙的感觉，仿佛手套已从手上消失。不，我的右手确实插在这个隔热手套似的东西里，可我并没感触到什么。

再看向屏幕，图形几乎变成了一个正圆。我动了动手指，它也不再像之前那样扭曲变形了。

"还有压迫感吗？"

"好像没有……又好像有。"

"有？"

"不不，只是心里的感觉，有点不自在。"

百濑笑了，一旁的梶谷孝行也嘻嘻笑着。

"有没有热或冷的感觉？"

百濑问道。

"感觉是微温。"

"现在呢？"

百濑推动了另一根控制杆。

"……"

随着他的操作，我的右手变冷了。

"冷吗？"

"嗯。"

"那这样呢？"

百濑反推控制杆，于是我的手发烧似的又暖和了起来。

"那个……能调节温度？"

百濑点点头。

"这样应该是最自然的吧？"

说着，百濑摁下控制杆旁的按钮。热意顿时消失，我的右手又回到了没有任何感觉的状态。

"……这到底是什么装置？"

"K1 的试作品。"

"什么？"

我没领会百濑话中的意思。

"这是测试用的试作品。怎么说呢，应该说是一种模拟感觉的装置吧。至于完成品，我们已经做出了 K2，不过还没正式命名。"

"模拟感觉……？"

"没错，刚才是温度的感觉对吧。其实手的所有感觉都能用这装置模拟出来。比如说……"百濑这次转向了键盘。他按下几个键后，显示屏上的图形变成了表格。

"现在你有什么感觉？"

百濑刚敲了个键，我就又一次叫起来："水漏出来了！"

被百濑称为试作品的隔热手套里突然冒出水来了。

"不，你搞错啦。"百濑笑着摇摇头，"你是不是觉得手浸在水里了？"

"……嗯。"

我在隔热手套里活动手指。这只右手就像伸进了水槽似的，手指一动，就能清晰地感觉到冰凉的水流。

"这就是模拟感觉！装置并没有进水，只是上杉先生的皮肤受到了这样的刺激罢了。"

"……"我回头看着百濑，"没有水？"

"没有。你看。"

百濑一边说，一边再度敲打键盘。一瞬间，先前的水消失了，手上也没有被沾湿的感觉。

"……总觉得怪怪的，叫人心里不舒服。"

"最后再试一项吧，请握拳。"

"握拳？"

"对，紧紧地握一下。"

"……"

我在隔热手套里试了试，没有遇到任何阻碍。就跟没戴手套的左手一样，我的右手也能握拳。

啊，我突然意识到了其中的怪异。

"你明白了？"百濑微笑着问道。

我向他点点头，情不自禁地吞了口口水。

"手指和手指直接碰到了……"

隔热手套至少是从我右手的感觉中消失了。手指明明插在手套里，相互之间却能直接碰到。我试着摩擦手指，却根本感觉不到手套的存在。

"没错，这也是模拟出来的。上杉先生的手指被包在装置的膜中，通常你的手指和手指、手指和掌心是不可能直接接触的，对吧？事实上也确实没碰到。但现在你却有这样的错觉。"

正如百濑所言。我尝试用右手的拇指摩擦食指。看起来两根手指之间至少隔着一厘米，然而它们却越过隔热手套直接碰在了一起。

"这是怎么办到的？"

"K1 和 K2 是一种直接针对人体进行输入和输出的装置。"

"针对身体进行输入和输出？"

"没错，现在装置正把你这右手的体温、发汗情况、肌肉张弛之类的信息不断传送至电脑，这就是输入。输出则相反，装置会将信息传送到你的右手。手套的夹层中灌有特殊液体，通过施加微弱的电压，可使其状态发生种种变化，变硬、变软、变热、变冷等等。这些变化会刺激你的皮肤，让你产生手放进水里的感觉，也能让你感到自己抓住了某个不存在的物品。"

"不存在的物品？"

"我们来体验一下吧。"百濑一边说一边敲打起键盘，随后，他回头指着桌面，"我在这里放了一个看不见的东西。请你试着把它拿起来。"

"……什么意思？"

"就在这附近。"百濑再一次指向桌面，那里刚好是我正对着的地方。

"我也不知道正确位置，因为我看不见嘛。不过对你的右手来说，那东西就在那里。"

"……"

我依言将右手伸向那里，手指仿佛穿过隔热手套，直接摩挲着桌面。这种感觉实在是太奇妙了，眼睛看到的和手摸到的完全不同。

"啊！"

手指碰到了某个物体，我凝目向桌面望去。

那里什么也没有，但食指指腹确实碰到了一个硬东西。金属质地，像是薄薄的金属片。

我试着把它拿起来。右手的食指和拇指抓住了眼睛看不见的金属片。

"闭上眼摸，你就会知道这是什么了吧。"百濑说道。

对啊，我恍然大悟地闭上了眼。

细长的金属片，一侧边缘凹凸不平。

"是钥匙……！"

我睁开眼。然而，面前却只有闪耀着银光的隔热手套。

03

这就是我在伊普西隆研究所的第一次体验。

"怎么样？"

从研究所回去的车上，梶谷孝行问我感想。

"我不是很懂，但我知道这东西非常了不起。"

我一边用左手搓着右手，一边回答梶谷的问题。我的右手，只有这右手，似乎还滞留在另一个世界里。当然，摘下手套的一瞬间，右手就回到了正常状态，只是我仍有一种奇妙的感觉，和因长时间跪坐而发麻的腿终于恢复如常时的感觉一个样。

我看看车窗，想起这举动毫无意义，便又将视线移向梶谷。

这辆车的窗子看不到外面。窗玻璃上涂有和车厢内部同色的涂料，在车外的人看来，它就像半透镜似的闪着光。这是一辆茶褐色的箱型车。从后面的滑门进入车厢后，我发现乘客的座位和前面的驾驶座之间有一道屏障，连车的挡风玻璃都看不到，简直就是一辆囚车。

"这是为了安全防范。"梶谷带我上车时曾向我解释道，"我们在开发一种新型装置，目前还没到可以公开的阶段。研究正在悄悄进行，我们还得再保密一段时间。

"所以，研究所内的所见所闻绝不能对外人提起。"他这样嘱咐我道。直到我把右手伸进了那个试作手套，才真正明白了话中的含意。

跟来时一样，我和梶谷坐上密闭的箱型车，三十分钟后回到了位于沟之口的伊普西隆研发公司办公室。

这建筑好似工地现场临时搭建的铁皮屋，是一处廉价的装配式平房，面积很大，简陋得令人不敢相信这是一家公司。灰色的板墙上架着蓝色的铁板屋顶；狭小的窗上嵌着细管，窗下是空调的室外机，正发出隆隆的噪声。建筑整体给人又脏又旧的感觉，连去摸门把手都需要勇气。旁边有一栋四层高的公寓楼相当气派，衬得伊普西隆办公室更是特别寒碜。

不过，贴在铝制门板上的铭牌确实印着：

EPSILON PROJECT INC.

字的上方还印有企业LOGO——一个大大的"E"字。可能是因为 EPSILON 相当于希腊语里的"E"吧。然而，整个建筑中称得上气派的只有这块铜制铭牌。

茶褐色箱型车开回了办公室后面的车库。下车后，我们穿过晦暗的车库，进入办公室。

"来，请坐。"梶谷说。

我依言在办公室一角的沙发上坐下。这沙发破旧不堪，连原先的颜色都看不出来了。

"好了……"梶谷在我面前坐下，眯起眼笑了。不知为何这笑容总觉得有点像婴儿的哭脸。我猜不出这人的年纪。他笑起来像个孩子，可看看他稀疏的头发和脸上的皱纹，又觉得已经超过了五十岁。

"总之就是这么回事。"

梶谷像是在总结之前的一切行动。

"我不知道世上竟然还有这样的机器。"

"那是自然，这个项目只有我们在悄悄地进行。正如百濑所言，你今天看到的只是试作品。至于 K2，装置本身已经完成了。"

"它和 K1 有什么不同？"我问道。

梶谷眨了眨眼。

"上杉先生，你问的是之前那个试作品对吧？日本可没有K1，你之前见到的那个，只是公司研发 K1 时在美国制造的手部试作品。"

我注视着梶谷。

"……只是手部？也就是说……"

"没错。"梶谷点点头，"装置的模拟对象不光是手部。简单点说吧，你可以把它想成你今天见到的那东西包住全身的样子。"

"……"

把全身塞进那隔热手套里——我瞪大了眼睛。

"你是说……让整个身体来体验模拟感觉吗？"

"没错，你不觉得非常了不起吗？"

"……"

我想象不出那会是怎样的情景。

"而且，现在 K2 已经做得尽善尽美，你今天体验的试作品完全没法跟它比。"

"你们研发这种东西到底有什么目的？"

"咦？"梶谷笑着看我，"上杉先生，你忘了吗？正是因为这个我才去找你的呀。是为了制作游戏啊，一种虚拟实境的游戏。K2 能带我们进入一个完美的模拟世界。"

"啊……你们想把我的《脑部症候群》……"

"没错。上杉先生参加了《书库》杂志创刊号举办的'冒险游戏书❶原作征集'活动。《脑部症候群》——那真是一部极为优秀的作品。"

"可我写得太长了。我一看征稿要求是两百张，就寄出了两百张打字机用的纸，每张有一千六百字。其实所谓的两百张是指手写用的格子稿纸，每张纸四百字。是我看错了要求。"

"嗯，编辑部的人对我们说过，你的作品长度是规定的四倍。内容确实很精彩，但八百张稿纸的故事如果要做成游戏书，也未免太厚了。最关键的是找不到有能力帮你改编的游戏作家。"

---

❶ Gamebook，20 世纪 80 年代在西方深受青少年喜爱的一种文学作品，结合了书和游戏因素，读者在阅读时可以自行选择情节走向，最终得到不同的故事结局。

"我也接到了编辑部的电话，说非常遗憾，我丧失了参赛资格。"我看看梶谷，突然意识到一件事，"《书库》编辑部和伊普西隆有合作关系？"

"不，没有。不过我们一直在到处打探，寻找适合 K2 的游戏脚本，所以就拜托出版社在评审过后，给我们看一下稿件。"

"哦。"

"上杉先生，你写的《脑部症候群》完全符合我们的要求。玩家作为间谍前往某个非洲小国，逐步逼近该国的阴谋核心……这个故事如果在 K2 中展开，对于玩家来说，主人公的经历可以极具现实感地亲眼看到、亲手摸到，就像你之前从桌上拿起了看不见的钥匙一样。"

"……好厉害。"

我兴奋极了，这辈子从未如此兴奋过。

"K2 已经做好了，不过这个装置里还没有内容。我们认为《脑部症候群》能把它填满。当然啦，繁重的工作正在前方等着我们。我们必须把游戏中的世界巨细靡遗地转入装置，也就是说，要把你的原作转换成程序输送进装置。这会花很多时间，但很有意义。"

这——就是一切的开端。

去年二月，在沟之口那个破旧的办公室里，所有的一切不以个人的意志为转移，开始了运转。

事实上，不管怎么想，那都是我无力干涉的"开始"。前程，而且还是我一心追求的灿烂前程——眼前悬吊着那样的诱惑，又有谁能抵挡得住呢？

更何况，我只是一个面临毕业不知何去何从的大四学生。

04

之后，我等待了好久好久。梶谷孝行说的"会花很多时间"果然毫不夸张。

这世上没有什么能比干等的模样更傻。

站在忠犬八公像前盯着表看的男子；随手翻阅柜台旁的宣传册、直到订购货品送来为止的女人；散步途中等狗撒尿时拎着狗链看天的老人……个个都是一副无可救药的傻相。在这段时间里，他们的一切都被恋人、店员或狗掌握着。等待者除了等待什么也做不了。

等待者是被动的一方。闲得无聊，心浮气躁，即使干点杂事，做出一副"我又没在等"的姿态，但脑子里也仍然只有"等待"二字，不管做什么都无法集中精神。

我很清楚自己的样子有多傻。正因如此，我才格外焦虑不安。

人啊，不得不等待的时候会生气，可为了显示自己比对方更优越，有时又会故意让别人等。

上厕所时，我顺便看了一眼洗面台的镜子。镜子里映出了我的傻相。这是干等了一年半的男人的脸。搭在额前的头发上有块污迹，大概是昨晚的咖喱乌冬面溅的汁。我拧开水龙头，用手指蘸水清洗那块污迹。然后一边拿毛巾擦手和头发，一边抬眼瞧镜子，忍不住叹了口气。

我再次望向这张早已看腻的脸。

"我就这样了。"

我挤出笑容。镜中的脸傻乎乎地歪着，看不出是在笑。

我回头看看厕所门对面的电话。那是一部有语音答录装置的黑色多功能话机。

就在不久前，我又一次给伊普西隆研发公司打了电话。这一年半以来，我打过无数次电话，结果都一样，总有一个甜美的女声对我说，梶谷不在。

"梶谷现在外出了，您有什么事的话——"

"嗯，我之前也打过电话。如果能知道进展的话就好了。"

"真抱歉，梶谷只让我传话说一切顺利。"

"那个，能不能让我亲眼瞧一次……"

"我们会进行安排，看能否满足您的要求。请您再等一段时间好吗？到时候梶谷会主动联系您。"

我怎么也等不到梶谷的联系，心里不安，又打电话去询问，但得到的回复还是老一套。女人说会安排，然后就挂断了电话。于是我还是只能干等着。到底是要安排什么呢？

签约的头一两个月，我欣喜若狂。

这当然是因为自己的作品第一次被改编成游戏，不过更重要的是伊普西隆公司承诺的两百万日元报酬太诱人了。

"少了点吧？"映一问我。

他哪知道购买改编权一般该付多少钱。映一是卡车司机，他的生活跟着作权之类的词不沾边。

我只知道自己出生二十三年来，第一次拿到这么大一笔钱。

"五年契约对吧？两百万换算成年薪才四十万，也就是月薪三万三千三百三十三元三十三角。"

映一看着计算器说。我笑着向他摇头。

"你说的那个 KL……究竟是什么玩意？"

映一喝着烧酒吃着佃煮❶昆布，又一次追问道。

"不是 KL，是 KLEIN-2，简称 K2。"

"所以嘛，我问你那是啥啦？"

"新型的游戏机。"

"什么样的？"

这可不能告诉他。

"那个装置还处于开发阶段，需要严格保密，连我也没告诉详情。"

"你可是原作者，再怎么保密，你也不会不知道吧？"

这话太在理了，我不知道该怎么解释，只好用苦笑搪塞过去。

"总之是一种可以彻底颠覆游戏史的装置，非常了不起。"

"颠覆历史？"映一笑得肩膀直抖，"太夸张啦，不就是游戏吗？玩乐而已，能有什么大阵仗的历史好颠覆的？"

"有啊，姐夫，游戏的历史很悠久的。人类还是猿类的时候，就会就地取材玩游戏了。各种形式的'对抗'不都转化成游戏啦？西洋棋呀将棋之类的，不就是在棋盘上模拟战争吗？五花八门的体育项目，也都是对战斗形态的游戏化。就连扑克牌的源起也是以游戏的形式预测未来啊。"

"哦？是这样啊。"

"嗯，游戏可是人类身为高级智慧生物的一项证据。把现实中的事物转换成游戏再进行模拟体验，别的动物可没有这么强的思维能力。"

"我们家的小捣蛋，会把毛线球当老鼠追着玩噢。"

---

❶ 日本一种以酱油、味啉、砂糖烹煮海产品的料理方式。

映一指着蹲在厨房对面大嚼猫粮的猫咪说。

"你再逗下去，这孩子会哭的。"邦子坐到映一身旁，"他的作品可是第一次得到认同。"

"我没逗他。"映一把酒壶递给邦子，"我只是担心彰彦会不会被可疑团伙骗了。"

"被骗？"我看着映一，"我确实拿到了两百万啊。"

"都说了这金额太少。那个伊普西隆还是潘恩西隆来着？我不知道他们对你花言巧语地讲了什么，可是，连游戏具体是什么都不告诉你，这不是很奇怪吗？电视游戏机？还是游乐园里的那种？颠覆历史什么的，嘴巴说起来简单，这种话最靠不住了。"

"不是的，他们只是想保密。那游戏真的会打破过去的常识，他们谨慎行事，是为了不把机密泄露给别的公司。"

"所以说啊。"映一把酒杯递向我，发现酒瓶已空，就拿起来朝邦子晃了晃，"所以我不是在问你那是什么样的游戏吗？你说他们没把详情告诉你，你不觉得奇怪吗？你可是游戏的原作者，原作者应该是游戏制作的关键人物对吧，可他们却什么都不肯告诉我们的重要人物——彰彦君。说明人家公司不信任你啊！"

"不是的，姐夫，你不了解业界的工作方式。伊普西隆公司和我签约了，付了两百万给我，而我把作品卖给了他们。究竟是什么游戏，他们当然会告诉我的，现在只是时候未到。"

"时候未到啊。"

映一打量着我，语带调侃。邦子从厨房拿了另一瓶酒过来，见他这样，忙喊了声"老公"制止他。

我虽然反驳了映一，可其实我跟他一样，对游戏业界的情况一无所知。

在漫长的等待中，我从大学毕业了。我提不起劲头找工作，就一边打零工一边继续等伊普西隆的消息。父母当然不再给我生活费了，伊普西隆给我的两百万也逐渐减少，我心里不安，却还是在等。

签约后刚满一个月，我的银行账户就收到了两百万。我只取出其中的五万买了一个有语音答录装置的多功能电话机，算是小小的庆祝。这是我本来就想要的，而且我也担心伊普西隆在我外出时来电。

结果，这个有语音答录装置的电话只是白花钱。这一年半来，我不在家的时候，伊普西隆从未联系过我。

该出门打工去了。我离开镜子，正要走出房间，就在这时，那个电话响了。

我脱掉穿到一半的鞋子，奔向电话机。

"喂，我是上杉。"

"我是伊普西隆研发公司的梶谷。"

"啊，好久不见。我刚刚给你打过电话，可你不在——"

"嗯，我知道你给我们打过好几次电话，很抱歉这么晚才来联系。游戏终于完成有望了，现在我们正准备做最后的调整。"

"最后的调整……也就是说还没完成？"

"不，基本上已经完工了，只是还需要试玩一下。实际运转起来看看有没有不自然的地方。"

"那……方便让我瞧瞧吗？"

"当然，所以才会打电话给你啊。从现在开始，我们也需要你的帮助。这么晚才来联系真的很抱歉，你今天抽得出空吗？如果下午两点能来我们办公室，就再好不过了。"

"我去，两点对吧？"

打工的事无所谓了。

05

伊普西隆研发公司的办公室坐落在"东急田园都市线"的沟之口站附近，从车站往第三京滨方向步行十五分钟左右就到了。铁皮小屋悄然建在一家大型电机厂的背后，仿佛要被左右两侧的高楼挤扁了。

我在办公室前停下脚步。

变了——

这里的景象和一年半前完全不同。

不过改变的不是办公室本身，而是周围的环境。我初次来访时，只有办公室的右侧立着一栋公寓大楼，左侧及后方都是栅栏围住的空地，一直延伸到多摩川堤边。如今这些空地都被填满了。左侧建起一长排分让住宅楼❶，样子跟报间广告单上的图一样，屋顶全是同一款式的；其后矗立着巨大的高层公寓。

建筑群中，唯独伊普西隆的办公室显得又破又旧，仿佛被时

---

❶ 分让住宅楼：按户出售的住宅楼。

光抛弃了一般。当然，这种荒废感与一年半前没什么两样。

约定是两点，我早到了十分钟。刚从开着的玻璃门往里一看，梶谷孝行便马上从办公桌前站起身来。

进门后，我发现室内只有梶谷一人。那个嗓音甜美、一直接我电话的女职员应该也在，可我环顾四周，却没能找到。

"哎呀，你好你好。"

梶谷姿态夸张地跟我握手，请我坐在角落的沙发上。

"可乐，乌龙茶，还是咖啡？"

梶谷一边问，一边打开墙边的冰箱门。

"不用麻烦了。"

听我推辞，梶谷摇了摇头。

"我总不能一个人喝吧？选一样陪我喝吧。不过这里只有罐装饮料。"

"那……我要咖啡。"

梶谷点点头，从冰箱里取出两罐饮料，将咖啡放在我面前，在我对面的沙发坐下后，打开了他的乌龙茶。

"真抱歉，让你打了那么多次电话。"

我尴尬地笑着："你们觉得我很孩子气吧。"

"不不，没那回事，都是因为我一直不来找你。"

"我实在是等不下去了。虽然你说过很费时间，可我没想到会这么久。"

"对不起，我本想早点跟你联络的，可是这段时间我不在日本。"

"不在日本？是去了什么地方吗？"

"美国。"

"美国……工作的关系？"

"嗯。"梶谷笑了，"如果能去玩倒好了，可惜是工作。伊普西隆的总部，或者说是出资的母公司吧，是在美国。我上那里去了。"

"啊，这么说起来，你是对我说过 K1 是在美国开发的。"

梶谷点点头，将手里的饮料放在桌上，打量着我的脸。

"这就言归正传吧。"他吊人胃口似的停顿了片刻，我轻轻点头，他才又说了下去，"上杉先生，今后能否请你每天都到这里来？"

"每天？行是行，不过，要我来干吗？"

"唔，电话里我也稍微提过一句，《脑部症候群》的制作已进入最后阶段。"

"你说需要检查有没有不自然的地方。"

"嗯，向大众正式公开前，必须进行严密测试，力求完美，以免玩家产生不满。"

梶谷边说边看手表。

"是要我测试吗？"

"嗯，想请你实际玩一下游戏。"

"我？"我不由得挺了挺背脊，"你是说我能玩这个游戏？"

"没错。你是《脑部症候群》的原作者，对故事内容肯定了如指掌。"

"啊，可不是嘛。"

"不过，反过来你对游戏做成了什么样却是一无所知，正适合当测试员。"

"……对游戏一无所知反而很适合？"

"没错，这就是你和游戏程序员最大的差异。技术人员当然也测试过很多次，但是他们太了解游戏的结构，所以只测试了预想范围内的游戏状况。而收尾阶段则需要测试程序员没有预想到的部分。"

"没有预想到的——"

"嗯，打个比方。"梶谷眼望虚空，"比方说吧，玩家前方出现两条岔路，正确的选择是向右边的岔路进发。这种设定下，技术人员只会测试往右或往左走的情况。但是，说不定玩家会去爬岔口的树。这些方面我们就很难关注到。"

"爬树……啊，原来如此。"

"对我们的游戏来说，这一点是极其重要的。玩家从自己所处的景况出发，无论怎么玩下去都行。即使这玩法荒谬可笑，完全背离了游戏设定的正确答案……"

我拿起桌上的罐装咖啡，光是听梶谷的说明，我就不由自主地兴奋了起来。

我很理解他这话中的含意。

一般来说，参与游戏的玩家可根据个人意愿自由决定剧情的走向，这是角色扮演游戏（RPG）所具有的特征，玩家可以随心所欲地控制游戏中的角色的行动。

即使游戏的设定是请玩家在左右两条路中选择一条，但如果玩家想在地上挖个洞前进，这时剧情也会相应地随之改变。这种"自由"拓宽了游戏的深度和广度。发源于美国的角色扮演游戏，原本是从小孩子的"过家家"演化而来的。

只是，这种游戏被做成电视游戏后，玩家的行动受到了很大限制。因为管理游戏的计算机无法应付玩家自由奔放的种种行动，只能限定玩家在一定范围内进行游戏。当然，我的《脑部症候群》

也是为制作游戏书而写的，那玩意儿比电视游戏限制更多。

换言之，伊普西隆公司是想打破这种制约。

"数据会非常庞大吧？"

"当然了。极端点说的话，它需要无限大的存储容量。唔，虽然那是不可能的啦。技术人员还说笑过一阵，说是得用 Tera 作单位。"

"用 Tera 作单位——"

"是 Tera byte 单位。你听说过 Tera 这个单位吗？"

"嗯，听倒是听说过……"

虽然听说过，可那是天文学级别的单位啊。

基本单位的千倍称作"Kilo"。1 公里（Kilometer）是 1 米（meter）的一千倍。Kilo 的千倍——千 Kilo 则用"Mega"这个单位表示。Mega 的千倍叫"Giga"，而 Tera 又是这个 Giga 的一千倍。

简单点说，就是 1 的后面跟 12 个 0。1 兆即一个"Tera"。

平常用的电脑，内存约为 1Mega byte。换言之，伊普西隆公司开发的这个游戏就像把百万台电脑连接在了一起……

这超越了想象。

"当然，我只是拿岔路举个例子罢了。像这种简单的情况，能想到的可能性基本上都测试过了。但是，对游戏了如指掌的技术人员做测试总会有盲点。我们想请上杉先生来弥补这些漏洞。"

"可是……我也非常了解故事情节，是不是找对游戏一无所知的人——"讲到一半，我慌忙补上一句，"啊，不，我很想帮你们检测的。"

梶谷点点头，又瞄了一眼手表。我被他带动，也看起了手表。两点刚过不久。

"对游戏一无所知的玩家我们当然也找好了。我把那个人也叫来了，不过好慢哪……"

梶谷望向办公室门口。

"啊，原来测试员不止我一个。"

"嗯，我们临时雇了一个评测员，想请此人在毫无预备知识的情况下进行测试。不过这么一来，游戏可能会完全进展不下去。所以呢，上杉先生的主要任务是沿游戏的主干，也就是正确路线一路进行检测。"

梶谷边说边从沙发上站了起来，向门口走去，透过玻璃门看着外面的大路。

"啊。"他轻叫了一声，打开玻璃门，向外面大喊"这边，这边"，接着又回头对我说，对方好像没察觉这里就是办公室。

这也难怪，我忍不住笑了出来。看到这间铁皮屋，谁会相信它是一家正在制作最先进游戏的公司呢。

"请进。"

梶谷招呼对方进门。我一看那人，顿时瞪大了双眼。

走进办公室的竟然是个女孩。

06

而且还是个美女。

她应该跟我差不多大，也可能比我小一点。宽额头，大眼睛，下巴尖尖的，细颈上围着鲜红的丝巾，波浪形的头发束于脑后，自然地下垂着。丰满的胸部撑起了粉红条纹的 T 恤，两条腿则隐藏在棉质的紧身裤里。

她一进门就满脸诧异地扫视整个办公室，像一位踏入了洞穴的探险家在小心翼翼地观察周遭。发现了坐在沙发上的我，她才停止了观察。

"这位是高石梨纱小姐。"

梶谷一边关门一边说。

我从沙发上起身，朝她低了低头。她也轻轻点头以示寒暄。梶谷绕到她身前，向她介绍道：

"这位是游戏的原作者上杉彰彦先生。"

梨纱扑闪扑闪眼睛。

"好了……"梶谷看了看手表，"时间比较紧了。既然高石小姐也到了，我们这就出发吧。"

"出发……？"梨纱望向梶谷。

她的声音清澈又可爱。

"嗯，接下来我们要去伊普西隆的研究所。"

"这……你们还没告诉我工作的内容呢。"

梨纱再次打量办公室。

"嗯，我会在车上进行说明的。"

梶谷说着冲我点了下头，意思是"这边请"。我一站起来，他就迈步走向了办公室后门。

梨纱看着我。被她注视的感觉真不错。

"走吧。"

我对梨纱说。她耸耸肩，跟在我身后。

车库就在后门外，不过是一片暗乎乎、空荡荡的宽阔地面。地上铺满了铁板，宛如地铁隧道施工时的马路，茶褐色的铁板上有一排排凹痕。天花板上孤零零地吊着一盏小荧光灯，是整个车库唯一的照明。正对后门的墙上有一扇被放下的卷帘门，卷帘门外是后街，一缕光线从门下透了进来。

昏暗的灯光下蹲伏着一辆茶褐色的箱型车。除了前方的挡风玻璃，所有车窗都经过特殊处理，无法从外窥视。不过，这辆车里面的人也看不见外头。

"好像骗局……"

梨纱在我背后嘀咕。

一回身，只见梨纱摇摇头说："很怪异不是吗。我有点紧张了。"

我笑了。

"最初我也吃了一惊。不过你到了研究所就会明白，这一切只是伪装。"

"伪装？"

"嗯。"我点点头。就在这时，梶谷拉开了车子侧面的滑门。

"请，请上车。"

我朝梨纱扬扬眉，率先钻进车。座位有两排，我在后排坐下，跟在我后面上车的梨纱坐到了我身边。顿时，一阵幽香扑鼻而来。

"看不见外面呢。"

梨纱说道。

"这是为了不让我们知道研究所的位置。"

"我们……？"梨纱望着我，"上杉先生，你是知道的吧？"

我摇摇头。

"这是怎么回事？"

"这个伊普西隆研发公司啊，出奇地爱保密。我也只去过研究所一次，今天是第二次。"

梨纱微微皱了皱眉，忽然凑近我的脸。那好闻的香气又飘来了。她小声对我说：

"这究竟是怎么回事？"

"极度保密啦，也就是所谓的企业机密吧。"

"不是他们有被害妄想？"

"被害妄想……"我笑了起来，"没准还真是的。"

梶谷在车外喊了声"出发啰"，从车库另一头传来了开门关门的声音。我下意识地回头望去，当然，从车内什么也看不见。

感觉有点怪。

办公室里只有梶谷孝行一人，而且只有两道门，一个是正门入口，另一个就是通往车库的门。那么，我们之外的人躲到哪里去了？

梶谷也坐上了车。他一关上滑门，驾驶座那边随即传来了响亮的车门开关声。驾驶座与后座间有隔板，从这里看不到那边的情况。

接着，车外传来了马达运转的低鸣声。卷帘门哗啦啦地升起，声音透过车顶传入我们耳中。车子发动引擎，缓缓向前驶去。轮胎咣当作响，似乎从什么上面轧了过去。随后，我觉得车子拐了个大弯，速度逐渐加快。

"远吗？"

梨纱问道。

"挺花时间的，我上次去大概花了三十分钟。"

"没错。"坐在前一排的梶谷回头应道，"差不多要这么久。"

"地点是秘密？"梨纱又问道。

梶谷笑嘻嘻地点头。

"安全防范，我们也没办法。请两位见谅。"

"安全防范？不就是游戏吗？你们要我当的可是游戏评测员。游戏需要这么保密吗？"

"你要是觉得不就是一个游戏吗，我们可就难办了。接下来会请你去体验实物，我想到时候你一定会理解的。不光是游戏本身，开发游戏的研究所也必须对外保密。我们的游戏一旦发布，必将改写游戏界的历史。所以，你之后看到、听到、体验到的一切都绝对不能泄露出去。也正是因此，我们给的打工薪水要比别的地方高很多。"

说到这里，梶谷似乎想到了我，他看着我说：

"上杉先生，忘记告诉你了，我们当然也会支付你测试游戏的酬劳。"

我点点头，这话听着舒心。

一旁的梨纱一副坐不住的样子。

"那个……我可以问个事吗？"

"可以。"梶谷的视线移回到梨纱身上。

"究竟是个什么样的游戏？"

"与其听我说明，还不如亲眼看一下实物。从类型上来讲，算是街机的一种。"

"街机？"

梨纱转头看我，但我也没听过这个词。

"游戏厅里放着的那种就叫街机。现在家用游戏机和电脑游

戏是主流，而曾经风靡一时的街机感觉已经落伍了。至于原因
嘛——在家里也能玩到不错的游戏，就没有必要特地出门去玩一百
日元一次的游戏了。"

"也对。"

"所以街机必须提供家里绝对体验不到的乐趣。让玩家体验
超大规模的游戏世界，这才是今后街机的发展之路。"

"你们生产的是游戏厅用的机器？"

"不，一开始我们会以大型游乐园为主，比如迪士尼乐园、
后乐园之类的地方。毕竟我们的设备极其庞大，不是单纯的一台
机器。"

"……"

梨纱歪着头看我。这也难怪，在使用试作手套前，我也不是
很懂这番言辞的含意。于是我对她笑道："是很棒的游戏噢，你
绝对会大吃一惊，我保证。"

"上杉先生，你是原作者？"

"嗯。"

"既然有原作……那应该是冒险类的游戏了？"

"啊，你理解力真强。没错，就是那种游戏，但是跟电视游
戏里的有天壤之别。用伊普西隆的话来讲，那是一种模拟体验游
戏。"

"模拟体验？啊，就是有 360 度的屏幕，玩家在影像的包围
中打游戏是吧？"

我摇摇头。

果然，不实际体验一下是无法理解的。况且我也没有体验过
K2 的完成品。

"我也只见过测试用的试作品。照我的想象，虽然只是想象——待会儿我们会完全进入游戏之中，游戏世界会成为现实。我已经跃跃欲试了！"

"……我还是摸不着头绪，不过好像挺有趣的。我也兴奋起来啦。"

从一开始我就对高石梨纱抱有好感。《脑部症候群》改编成游戏，而我又能亲身体验游戏的幸运感之上，又叠上了另一种意义上的幸运。

箱型车似乎正在车流量巨大的路上行驶。可能是国道吧。我们要去的大概是比沟之口更偏僻的郊外、远离城镇的农村。我觉得那样的环境跟神秘的研究所倒是挺般配的。

07

果然，行驶了三十分钟之后，车子才有了停下来的意思。

"到了？"

梨纱在座位上伸了个懒腰。梶谷面对前方点头说："应该是。"

车子停了一下，随即开始慢慢倒退。车体微微摇晃，似乎轧到了什么高出来的东西，传递至座位的震动停止了。外面传来了卷帘门哗啦哗啦放下的声响，有人在车外轻轻敲击车子的滑门。

看来是抵达目的地的信号。

"辛苦两位了。"梶谷起身拉开车门,我和梨纱也从座位上站了起来。

下车一看,才发现这里也是车库,面积跟办公室后头的那个差不多,但要明亮整洁得多。

我环视整个车库,想确认开车的人长什么样,但车库里只有我们三人。放眼望去,有三辆轿车停靠在混凝土裸墙边。卷帘门对面有扇小门,我往那里走去。

"啊,上杉先生,不是那边。"

听到叫声,我回头看了看站在箱型车旁的梶谷。

虽然他对我说不是那边,可是车库里没别的门。一年半前我被带到这里时,也是从那扇门走进研究室的。我疑惑地来回打量小门和梶谷。

"地方和上次不一样了。"

"不一样?可是……"

"当时只是向你展示试作品,今天要带你俩去研究所的中心。K2 是放在那里的。"

"可,可是……应该从哪儿进去呢?"

梶谷促狭地一笑。

"请往这边。"

他朝车库深处的一角走去,与小门的方位完全相反。

"……"

我与梨纱面面相觑。

"请到这里来。"

梶谷又说了一遍。

"那里?"

"对，请过来。"

梶谷笑着点头。

"怎么回事？"

梨纱低声问我。

"不知道，看来只能跟他走。"

我走向梶谷，梨纱跟在我后面。

"这里是伊普西隆研究所真正的入口。"

梶谷一边说，一边指着自己的脚下。水泥地上有个用黄漆画出的长方形停车框，长约五米，宽约两米，梶谷就站在黄框的正中央。

我凝视着他身后的墙壁，但是看不出暗门之类的痕迹。

"不，不。"梶谷朝我摇头，"是这里，我站的位置——这块黄漆圈出来的区域才是入口，请两位走到框里来。"

我和梨纱又互望了一眼。

虽然搞不清状况，但我还是跨过黄漆线框，走到梶谷面前。梨纱也站到我身旁。

"我们这是要做什么？"梨纱问道。

梶谷笑着摇头。

"我不是说了吗？是要进研究所啊。"

他边说边眯起眼，从上衣内侧的口袋里掏出名片盒，从中取出一张塑料卡片，在我俩眼前一晃，就像魔术师对观众所做的表演。

"这个是？"

"钥匙。请站过来一点，可别踩到黄线。"

"钥匙……？"

梶谷点头，指指边上的墙壁。那是一堵普普通通的水泥墙，清水混凝土的墙面上，布满了纵横交错的细沟。梶谷走到墙前，指了指沟的某处。

"……"

他把手中的卡片戳嵌进那道沟槽，卡瞬间消失了。随后他走回到我俩身边。

我"啊！"的一声叫了起来，与此同时，梨纱低呼着抓住我的手臂。

我们脚下的地面突然开始下沉。水泥地上，唯有黄框内的部分正在缓缓下降——

"这是怎么回事……！"梨纱抓着我的手臂不放。

"这是电梯啦。"梶谷的声音中带着笑意，"只有地面，没有天花板也没有四壁的电梯。"

"……"

随着地面的下降，厚达一米的水泥地断面暴露在我们眼前。

混凝土层过后，下面是白色的亚克力树脂墙。对面似乎有光源，令亚克力墙整体泛着青白色的光泽。在光壁的包围下，我们继续安静地下沉，一抬头就能看到被切成四方形的车库顶棚。

感觉就像潜入了间谍电影里的机关。

"好不真实。"

我身边的梨纱喃喃自语。她依然抓着我的胳膊不放。对于这一点，我很感谢梶谷那故弄玄虚的表现。

下降七八米后，只有地板的电梯停了下来。"唰"的一声，亚克力墙的一部分平移开，眼前延伸出了一条灰色走廊。

"这里就是伊普西隆研发公司的研究所。"

梶谷宣告式地说道，随即率先走上走廊，我和梨纱只能目瞪

口呆地跟着。步入走廊后，又听"唰"的一声，我们背后的电梯
门关上了。

这条廊道让我想到了医院。白色墙壁的右侧列着三道门，面
对走廊的房间窗前全都垂挂着奶白色的窗帘；左侧则没有门窗。
走廊的尽头呈 T 字形。高高的天花板上布满了粗大的通风管和不
计其数的管道。

梶谷走向第二扇门，用细瘦的手指笃笃敲了两下，不等回应
就轻轻打开门。然后，他转身对我俩露出了得意的笑容。

"请进。"

08

整体而言，这狭长的房间就像电视台的副控室。

正面的墙就是一大块玻璃，能看到隔壁房间。这是用来监控
对面装置的房间吧。

这么说，那就是 K2 吗——

我端目凝望那个形状奇特的物体。

那是一个形似小型煤气储存罐的绿色金属球，直径多半有三
米以上。球形装置被围在一组圆柱形骨架之中，球的右侧连有一
根粗管，沿着墙体延伸至隔壁房间。

而我们所在的这个房间里，有一座面对玻璃墙的控制台。台

上排列着各种颜色的开关、调节杆、旋钮之类的东西，还有显示器和示波器。

地上到处都是电缆，粗细各异、颜色不一。有的外皮已剥落，有的则用胶带固定着。

屋内有两个穿白袍的人，一男一女，男的是外国人。

我们刚走进房间，控制台前的两人就同时转过身来。

"啊，小心别踩到电线。"

外国男子以流利的日语出声提醒。他从椅子上站起身，目光移向梶谷，说道："来得真快。"

"路上车好像挺少的，没堵车。我来介绍一下。"

梶谷一边说，一边转向我和梨纱。

"这两位是研究所的主力。这位是肯尼斯·巴多拉，美国来的技术员。"

"叫我肯尼斯吧，请多指教。"

"幸会……"

我握住他伸出来的手。好大的手。他身高大概超过一米九，是个大块头；粉红色的手臂上长着乱蓬蓬的金毛，头发也是金色的，眼睛则是玻璃般的浅蓝色，让我想起了小时候玩的弹珠。

肯尼斯·巴多拉又向梨纱伸出手去。梨纱战战兢兢地握了一下。两人站在一起，梨纱看起来就像小学生。

"然后是这位，我们的负责人笹森贵美子女士。"

啊，我点了点头，我和伊普西隆的契约书上有这个名字。这位女士是伊普西隆研发公司的社长。

"终于见面了。"笹森贵美子向我伸出手，"你就是上杉先生吧？多亏有你，我们才能做出这么精彩的游戏，非常感谢你。"

"不，哪里哪里，请多多指教。"

我握住笹森贵美子的手，心想她多半已四十出头。她的握力比我想象得要强，戴着无框眼镜，镜片后的眼神显得十分锐利。

"接下来的这位……"笹森贵美子又望向梨纱，"你是高石梨纱小姐？"

"是。"

笹森贵美子和梨纱握完手，转头吩咐肯尼斯·巴多拉："拿椅子来。"

肯尼斯点点头，避开地上的电线，从房间的角落为我们搬来两张折叠椅，并排放在笹森贵美子面前。我和梨纱依她的话坐下。

"梶谷，接下来的事就由这边负责了。"笹森贵美子说。

于是梶谷丢下一句"那就拜托啦"，便离开了房间。

"很吃惊吧？"

贵美子问梨纱。

"嗯……也有点害怕。"

贵美子笑了。

"抱歉哦。不过，现在吃惊还太早，后面有更令人震惊的东西要你们体验。"

"请问，是要我们做什么呢？"

"请你们玩游戏啊。"

"嗯，这个我已经知道了……"

"这个很难用语言解释，你能看到隔壁房间那个圆圆的装置吧？"坐在椅上的贵美子转头看向玻璃墙，"为了对游戏进行调整，我们会请高石小姐和上杉先生进入那个装置。"

"进入……？那东西里面？"

梨纱吞了吞口水，看着我。

"游戏是在美国开发的，将在这里最终完成。在那个座舱里，你们会体验到前所未有的精彩游戏。"贵美子朝肯尼斯一扬下巴，"开始吧，边做边解释比较好懂。"

"是。"

肯尼斯从椅子上站起来。

贵美子的视线投到了我的身上。

"上杉先生，你见过 K1 的试作品吧？"

"嗯，已经是一年半前的事了。"

"那还是从你开始吧。高石小姐是第一次，想必会很不安。你先示范一下给她看看。"

我看着梨纱。她深深吸了口气，回应我的目光。我朝她微微一笑。

"上杉先生，请到这边来。"

听到肯尼斯的呼唤，我从椅子上站起身。

原以为他会让我进入球形装置，居然不是。肯尼斯从房间一角取来一副连着电线的护目镜，放在了控制台旁的小桌上。

"请坐到这里来。"

我依言在桌前的椅子上坐了下来。

我盯视着桌上的护目镜。它就像滑雪时用的，只不过镜片散发着一圈铅灰色的光，并不透明。此外，抵住两边太阳穴的部位各有一个旋钮，侧边还连出一根粗长的电线。线的另一端接着巨大的连接器。肯尼斯弯下身子，把连接器插进了控制台下方的插口。

"接下来要做的，"肯尼斯拿起护目镜，"是检查上杉先生的视网膜特性。"

"视网膜特性？"

"对，人类的视网膜特性有个体差异。视力不同，视野不同，感知光线的能力也不同。同样的颜色在不同的眼睛中各有差异。我们必须在游戏开始前，把你眼睛所具有的特性输入电脑。现在要做的就是这个测试。"

"……怎么测？"

"请把这个装置戴在脸上。然后你会看见某些东西，请你照我的指示用左右的刻度盘进行调整。"

肯尼斯一边说，一边指着护目镜两侧的旋钮。

虽然不怎么明白，但我还是朝肯尼斯点了点头，从他手里接过护目镜，小心翼翼地戴上。护目镜紧贴着脸，罩住了我的双眼，光从我的视野中消失了。我摸索着把带子拉到脑后，肯尼斯的手指在我脑后将它绑定。

"紧吗？"

"左眼好像有点痛……"

"请用手推一下试试，应该能调到最合适的位置。"

我扯起护目镜，微微往左移。

"啊，不痛了。"

"看得到亮光吗？"

"不，漆黑一片。"

"很好，那我们就开始吧。身体放轻松，别这么用力，这里可不是牙科诊所。"

我不禁苦笑起来，肩膀确实绷得太紧了。

"没错，放轻松噢。请睁开眼，但不必努力去看。好啦，你应该看到什么了吧。"

"……"

我凝望着幽暗的彼方，那里浮现出模糊的白色物体。

"看不出那是什么，虽然有白光，但很模糊——"

"转一下右边的旋钮看看，你看到的物体会变清晰或模糊。"

我把手伸向右边太阳穴附近，摸到护目镜的旋钮后，试着转动它，模糊的白色物体变得越发模糊了。于是我又往反方向转。这才是正确的选择。白色光晕渐渐缩小，我终于看清了物体的形状。

"是雪的结晶！有两片！"

"没错，是很美的雪晶。现在请你转一下左边的旋钮，两片雪晶会靠近或远离。请你转动旋钮，等它们完全合为一体时，就把手松开。"

我操作着左旋钮，让两片六角形的结晶慢慢靠拢。当完美地重叠在一起时，不知是否是我的错觉，结晶变得更加光彩夺目了。

巨大的雪之结晶悬浮在我前方的半空中，厚度与质感真实得仿佛伸手就能触摸到它们。

"重合了吗？"

"嗯。"

"那么，请再次转动右旋钮，让结晶呈现最清晰的状态。"

我依照吩咐转动右旋钮，直到结晶的细纹都能看得一清二楚时，手才离开了旋钮。

"谢谢，我们这就进行下一项测试。"

肯尼斯话音刚落，悬浮在前方的结晶就消失了，取而代之的是绿色的发光棒，好似有一根霓虹灯管竖在了前方十米处。

"有根绿色的棒子。"

"好，那么，请转动右旋钮。"

試着转了一下，只见光棒开始往右移去。

"正在向右移。"

"好，请转到看不见棒子为止。"

"转到看不见？"

"嗯，这是在测试你右边的视野范围。来，转，再转——不，请转动旋钮，你转自己的脖子是没用的。"

肯尼斯笑着提醒我，我也忍俊不禁。房间另一头传来了梨纱的笑声。

测试完右、左、上、下的视野后，接下来出现的是一个红色靶子似的东西。靶子中心最明亮，越往外同心圆的线条就越暗。仔细一看，每个同心圆上都标着号码。

"你现在能看到几号？"

"五号。"

"请转动右旋钮，直到只能看见一号——也就是中心部分。"

这是在测试我的视网膜能感受到多么微弱的光。明暗测试结束后，空中又冒出了两个球，一蓝一白。

"有没有看见白球和蓝球？"

"嗯。"

"转动右旋钮，蓝球就会变色。请你转动旋钮直到它的颜色与白球一致为止。"

当半空中飘浮的蓝球变成纯白色时，测试结束了。

我从头上摘下护目镜，不禁舒了一口气。

"累了吗？"

肯尼斯问道。我笑着摇头。

"不，很有趣呢。"

"光是检测视网膜特性就觉得有趣的话，那就好办了。"贵美子在对面笑道。

"头上要戴着这玩意进行游戏？"我问道。

贵美子摇头。

"不，这个只是用来初始化的装置。"

"初始化……？"

"就是输入原始数据，让电脑记住你的视网膜信息。"

"也就是说，实际游戏时要戴上别的类似装置？"

"嗯，算是吧，但和这个不太一样，你不会有戴着东西的感觉。我先大致说明一下。"贵美子看看我，又看看梨纱，"这套装置非常复杂，不过，技术上最困难的是影像部分。上杉先生，你刚刚戴着这个装置时，看到了雪的结晶和球什么的，对吧？"

"嗯。"

"感觉怎么样？"

"怎么样……就像浮在我面前似的。"

"是不是觉得它们真的在那里？"

"啊，确实如此，非常有现实感。这就是所谓的立体影像吧？"

贵美子"嗯嗯"点着头："确实是立体影像。不过，我们的装置和一直以来的立体影像装置有天壤之别。"

"什么意思？"

"这个装置啊，"贵美子指着桌上的护目镜，"是一种投影机。"

"投影机？"

"嗯。不过，一般的投影机是将影像投射于屏幕，让我们看到屏幕上映出的图像。而这个装置，以及要请你进入 K2 去体验的投影装置，是把影像直接投射在你的视网膜上。"

"……什么？"

我瞪大双眼。

"就是把视网膜当成屏幕啊。电影必然会有边框局限，也就是所谓的图像边缘，画面一到那里就会被截断。而你即将体验到的，是从一端到另一端充斥着整个视野的影像。"

"……"

"影像将以你两眼的水晶体为镜头，会被投射到视网膜的每一个角落。影像出现的一瞬间，你便跃入了游戏世界的中心。当然，影像会全程追踪你的眼部和肢体动作，并与之连动。你向左转，影像、声音连同四周的氛围也将随之转变，让你觉得自己真的在朝左转。刚才的检测就是为了这个。"

我已经说不出话来了，梨纱大概也有同感。

"上杉先生体验过试作品，所以应该会有一定程度的想象。接下来要请你体验的是全感官模拟游戏，去了隔壁房间，就能开始体验。不管我现在怎么说明，实际体验前你恐怕都无法明白，我们这就开始吧。"贵美子抬眼看了看肯尼斯，"带上杉先生过去。"

"是。"肯尼斯朝贵美子点点头。在他的催促下，我站起来，深吸了一口气，转头望向玻璃那边的绿罐子。

"那就是 K2 吧？"我问。

贵美子点点头。

"对，克莱因 2。正式名称还没决定，不过我们都管它叫'壶'，克莱因壶。"

"克莱因壶——"

见肯尼斯走进了与入口相对的另一扇门，我赶忙追了过去。

09

隔壁的小房间四壁都包覆着一层垫子，表面是胭脂色的人造革，手压上去软软的，掌心会感到一股弹力。

一个绿色筒状物从墙面冒出，一直延伸到屋子中央。筒很粗，直径至少有一米，筒中放着一张造型奇特的床。

我意识到这个筒连着 K2。从绿色金属球的侧腹伸向墙壁的那根粗管子，想必就是眼前的这个筒。

K2 的入口——

我的身体不由僵硬了起来。

肯尼斯关上门，回身看着我。

"请脱衣服。"

"啊？"

我呆呆地回望着他。

"请脱到一丝不挂。那边有更衣柜，请把脱下来的衣服放入柜中。"

"要脱衣服……？"

"嗯，别担心，我会出去的。等我出去后你再脱光好了。出去之前，我得向你说明接下来该做什么。"

"……"

我瞧瞧肯尼斯，看看位于房间一角的更衣柜，又望了望绿筒。

"请看这张床。"

肯尼斯把我叫到绿筒跟前。

那与其说是床，还不如说是一个做成人形的鲷鱼烧模具，有手有脚还有头。头冲向我这边，四肢则自然摊开，伸入筒的深处。床外侧——也即侧面，是一个直接嵌入筒底的圆弧形金属体。床内侧没有被褥，而是填塞着极为细致的奶黄色海绵垫。

我发现这张床的正上方还有一张相同的床，不禁瞪大了眼睛。

"难不成是要把我嵌在里面？像三明治一样……"

肯尼斯笑着点头。

"没错，就是要请你裸身躺上床。来，摸摸看。"

他一边说，一边把手放在奶黄色海绵垫上。

"……"

我伸手摸了摸，触感有点像濡湿的橡胶。

我想起来了……把右手伸入 K1 的试作品时，也和现在一样，感觉里面湿漉漉的，但是拔出来一看，手指上什么也没有。

"躺在这里会很舒服的。请把身体调整到最舒适的位置，放松全身，直到被异物触碰的感觉消失为止。身体一旦定位，面罩就会从上方降落。"

"……"

我顺着肯尼斯的手指向上看。

上面的人形模具床在头部位置有圆形凹陷，只有眼部开有黑色的孔。

肯尼斯用手掌演示面罩降下的情形。

"不过不用担心，你可以照常呼吸，完全没有抵触感。会产生抵触的只有这里。"

肯尼斯指指我的胸口。

我苦笑了一声。

"面罩降下时请张开嘴。最初你会感到有异物入口，也许会小小地吃一惊。不过不要紧。嘴不必张得太大，很平常地张嘴，就像这样。"肯尼斯随意地半张开嘴，"张到这个程度就行，明白了吗？"

"……嗯。"

"嘴要张开，但眼睛得闭上。虽然睁着眼也没什么危险，不过闭起来感觉会比较自然。装置会自动探测眼、鼻、耳、嘴的位置。面罩刚降下时，你脸上会有细微的附着感，但马上就会消失。探测结束后，上面倒挂的床会整个压下来，那时你就真的成三明治了。这么一来，全身上下又会有一种异物的附着感，但同样也只是一点点，马上就会消失。然后游戏就开始了，了解了吗？"

我长出了一口气。

"……能问个问题吗？"

"当然，请随意。"

"夹在中间的话，我还能动吗？"

"嗯，能动。等设定完成，床就会平移进K2，也就是边上那个绿色球体的内部。然后，床会离开你的身体，只留下那层海绵胶垫包裹着你。"肯尼斯一边解释，一边慢慢分开他上下合起的双掌，演示给我看，"K2内部灌有特殊的液体，你的身体就浸在液体里。"

"液体？"

"放心吧，不会溺水的。你能像平常一样呼吸。液休的比重和我们人体的比重几乎相同，所以你会轻飘飘地悬浮在K2正中央。由于床已经移走，你可以随意活动。事实上动作的幅度极其微小，但你会感觉跟平时差不多。海绵胶垫能完美模拟你的所有感觉。这里毫无危险性，我们试验了无数次，甚至还做过非常粗暴的测试，一次意外也没发生过。玩这个游戏是绝对安全的。"

我轻轻点头。

"游戏结束时会怎样？"

"结束时？"

"我要躺回床上吗？"

"啊，别担心，床会探测你的位置，重新包住你，把你送回更衣室。等床上下分离开就行了。啊，当然你要自己穿衣服，机器可不会帮你穿，得请你自己来。"

肯尼斯偷觑我的脸，似乎在问"没问题吧"。我缓缓点头，心跳加速了。我当然是满怀期待的，但肯尼斯的说明确实让我极度紧张。

肯尼斯"嘭"地拍拍我的肩头，走向门口，又转头叮咛道："对了，衣服要全脱光，手表也请摘下来，戒指也——啊，你没戴戒指呀。总之，请身无一物地躺到床上去。"

我回首望着肯尼斯，再度点头。

肯尼斯慢条斯理地打开门，走出了房间。

我看了看绿筒中的床，摇摇头，开始解衬衫扣子。接着打开更衣柜，将脱下的衬衫挂上衣架，然后脱掉鞋和裤子，把脚从袜子里拔出来，褪下内裤。毕竟还是有点抵触感啊。可能是空调的效果，脱光了倒也不觉得冷。就在我摘下手表搁上柜架时，突然想到了一件事。

梨纱也得脱光衣服——

我想她会比我更尴尬吧。与此同时，小腹升起了微妙的感觉。我赶紧摒除杂念，走向那张床。

躺上去之前，我用双手按了按海绵胶垫，奶黄色的表面现出了手掌形的凹陷。松开手，凹陷便慢慢消失，恢复了原状。我看看手，没有任何异状。

我坐在床边，抬起腿缓缓伸进筒的深处。总觉得臀下痒了起来。当背部也靠上床垫时，瘙痒感蔓延到了整个背身。我依床模的形状摊开四肢，把头慢慢放平。

海绵胶垫立刻贴住了肌肤。触感不错。和观感不同，真把身体放上床就会觉得好想去蹭蹭，似乎"性致"也被撩拨起来了。我慌忙把注意力移至正上方的面罩。

面罩缓缓降下。我按肯尼斯的嘱咐半张着嘴，闭上眼。不一会儿，整张脸被柔软的东西包裹起来，甚至探入了口鼻中。我稍微有些慌张，试着深呼吸让自己平静下来。正如肯尼斯所言，呼吸完全没问题。

脸被包住的感觉很快就消失了。我试着张嘴闭嘴，只觉先前探入口里的东西也没了。

我稍稍睁开眼。什么也看不见，但也不是一片漆黑。模模糊糊、带着温暖触感的光笼罩着我。

我感到身体的正面被海绵胶垫盖住了。

湿润感包围了全身，然后……又消失了。

——感觉如何？

咦？我躺在那里思考着。是笹森贵美子的声音，但不知道这声音来自何方。感觉她就像钻进我脑子里在说话似的。

——听得到吗？

贵美子又在我脑中说了一句。

"听得到……"

我不禁脱口而出，随即被自己的声音吓了一跳。

我现在正戴着面罩。虽然脸上并没有被包覆的感觉，但其实连嘴里都塞着海绵胶垫。我以为自己的声音会含糊不清，不，能出声就足以令人吃惊了，可它却跟平常一样。

"我能讲话——"

——那当然啦。

贵美子的声音中带着笑意。

——我的声音听起来奇怪吗？

"不，与其说是奇怪……你简直像是在我的脑子里，就是这种感觉。"

——那就好，你自己的声音怎么样？

"很平常。"

——感受如何？

"总觉得很奇妙。我是在哪儿？虽然很舒服，可什么也看不见，全身轻飘飘的……"

——那么，游戏开始啦。想停下来就朝我们示意。我们也会判断是否该中断游戏。

"所谓的示意是……？"

——张嘴说想结束就行。我们会监控你游戏的进程，请放心地进入游戏吧。

"监控……你们看得到我？"

我想到自己一丝不挂，顿时有些不安。

——不，看不到。只是你的状态和游戏的进行状况，会以数值及图表的形式在我们的监控装置上显示出来。

"噢，数值……"

——那么，做好心理准备了吗？

"嗯。"

话音刚落，充斥在我周围的光便飘然远去了。

10

我仰面朝天，注视着天花板。

与常见的构造不同，这天花板如鱼糕般弯曲呈圆拱形，两端化作两侧的墙壁延伸至地板，整体似乎是用铝合金板拼接起来的，沿着接缝的弧线，被钉入了一排排紧密相邻的铆钉。

床底不断传来细微的震动，传遍我的全身。咣咣的声响忽强忽弱，在墙壁与地板的另一边轰鸣着。

最初，我以为自己是在 K2 内部仰望上方，弧形的天花板给了我这种错觉。接下来会发生什么呢？我看了会儿天花板，终于意识到有哪儿不对劲。

我"啊！"的一声从床上坐了起来。

床，变了。

不是铺着海绵胶垫的人形模具床，而是一张搭在墙面铁杆上的帆布折叠床。

更令人震惊的是，我居然穿着衣服。

细条纹长裤，淡蓝色衬衫，脚上穿着深蓝色的袜子。

我按着衬衫下的胸膛，抓住床沿。心跳透过薄薄的衬衫，传到了掌心。我反复做着深呼吸，随后重新环顾自己所在的房间。

在飞机上——?

我产生了这样的想法。好像是在小型飞机的货舱内。

房间整体呈半圆形，前后各有一道成人能勉强通行的窄门。弯曲的天花板和墙壁都由铝合金板拼接而成。床边的墙上挂着一件外套，纹路跟我身上穿着的裤子一样。

下床时脚碰到了什么东西，一看，原来是鞋。

"……"

我提起鞋试了一下，尺码正合适。

果然是在飞机上，我想。身体能感受到细微的震动，还能听到螺旋桨的转动声。房间整体时而摇晃，嘎嘎作响。

我下床取下墙上的外套。外套胸前的口袋里塞着一条领带。

我不由深吸一口气，咽了咽口水。

这就是 K2 的模拟体验吗——?

难以置信，周围可都真得不能再真啊。这外套、鞋、床、墙壁、天花板以及前方的小门——全都是真家伙，怎么看都不像是假的。

然而，这里其实是 K2 的内部。

不这么想，就无法解释我为什么会在飞机上。这身打扮也说不通。衣服和鞋子都不是我的风格，是有人帮我穿上的?

不，不是别人帮我穿上的……是 K2 设定了我的着装信息。

我的衣服在隔壁房间的更衣柜里。我连内裤都脱了，手表也摘了。

"……"

想到这里，我握住了左腕。有手表，但并不是我的。我的表是精工牌，而这块却是欧米茄，这手表也不是我的品位。

这些都是 K2 制造出来的。现实中的我还一丝不挂地被海绵胶垫包裹着，悬浮在绿色球体内。肯定是这样没错。

我看到的是投影装置投射在视网膜上的影像，听到的声音则来自高性能耳机，甚至身体感受到的震动也是制造出来的。这就是模拟体验。

但是，这也太逼真了，简直令人不寒而栗。我彻底陷入了由 K2 造就的虚拟世界。

我想起一年半前，自己戴着试作手套拿起了一把看不见的钥匙。如今，我的眼睛也能看到了，全都像真家伙，连铝合金墙和天花板上的细微刮痕，对于此时此刻的我来说都是真实的存在。

我又一次隔着衬衫按压胸口，掌心感受到衬衫浆得有点硬，料子大概是麻和什么的混纺，珍珠色的塑料小纽扣摸起来很滑溜。我的手稍稍用力，胸膛也极为自然地透过衬衫感受到了掌心的压力。

手掌的感受，胸膛的感受，都是模拟出来的。事实上，K2 中并不存在这件淡蓝衬衫。

我胸口有点发紧，忙反复做起了深呼吸。

为什么……会在飞机上？

我忽然产生了这个疑问。

我应该已经在《脑部症候群》的游戏中了，可我写的故事并非从这样的飞机上开始的。

感觉就像患了失忆症，自己也不清楚为什么会置身于此。

现在，我还是上杉彰彦吗？

不，不对。我是《脑部症候群》的主人公啊。

只是待在房里东张西望，不采取任何行动，大概什么也不会发生。也许我该打开房门，这样游戏剧情才能启动。

我走向房门，这才发现门上贴着一块四四方方的铜标牌，上面显示着红色的字。

警　告

此门禁止逆行。

凡通过此门者，不得返回。

OK，我点了点头，总算放心了。这是我编写的内容，当然，字句与原作多少有些出入。我的《脑部症候群》当初是为游戏书而写的，所以不是写在门上，而是写在机密文书的扉页上。原本我是这么写的：

警　告

未经许可不得阅读。

又及：本文书阅毕，须立即焚毁。

这两段警告意思其实差不多。

我左手拎着外套，握住门把，深呼吸后打开了这扇小门。

门那边，一男一女抬头望向我。

"哟，你醒啦。"男人说。

这是小型飞机里搭出的一间客房，颇有沙龙的氛围。

灰色的地毯上摆着四个高背单人沙发，当中有一张金属制的矮桌。沙发的另一边有个小吧台，这对男女正坐在沙发上，手里拿着玻璃酒杯。

房间当然有窗户，墙上排列着几个圆窗。窗外是流动的云，蔚蓝的天空无边无际。我不由得走到圆窗边向下俯瞰。白云下面能看到海。

"快了，用不了多久就到了。"男人说道。

我转头望着他。

"你睡得好熟。"女人微笑着站起身，追加了一句，"要喝点什么吗？"

"不……"我正想摇头说不用，又改变了主意，"啤酒之类的就行。"

"坐吧。"

女人边说边走向吧台。

我很想知道能不能照常饮食。诚然，吃吃喝喝在游戏中都只是虚拟的。那个海绵胶垫曾一直伸到我的嘴里，想来舌头和牙齿也能接受模拟体验吧。不过，喉咙呢？就算口腔有喝的感觉，应该也无法通过喉咙吧。

"感觉怎么样？"

我刚在沙发上坐下，男人就问出了和笹森贵美子一样的问题。他梳着服帖的大背头，看年纪大概已超过三十五岁。鲜红的衬衫，胭脂色的华丽外套，端着白兰地酒杯的手腕上还戴着金链，是个挺让人讨厌的家伙。

"请慢用。"

女人在桌上放下一杯啤酒。这是个美女，简直可以直接去参加选美比赛。空姐式的制服紧贴着身体，使她曲线毕露。

"好了，"男人对女人说，"你先出去。"

"是。"女人点头应道，随即打开吧台边上的门向外走去。

匆匆一瞥中，我看到了门外的驾驶座。

我拿起啤酒杯，用玻璃杯喝啤酒果然不合我的习惯。我试着喝了一口，像是百威啤酒的味道。

"……"

咕嘟一口咽下后，我受到了强烈的冲击。啤酒竟滑过了喉咙——

"不好喝吗？"看到我的表情，男人问道。

"不是……"我摇摇头，将玻璃杯中的啤酒一饮而尽。冰凉的啤酒流过了喉咙。我凝视着杯底残留的细泡，又生起了不适感。

能喝……

K2 连"喝"都能模拟。

"关于任务的事，你都知道了吗？"

哎？我望向男人。

"有任务的。你听过详细说明了吗？"

男人抱起胳膊看着我。他似乎在观察我。

我把杯子放回桌上，摇了摇头。

我是原作者，对《脑部症候群》的剧情当然是了如指掌的。所以我也知道，他嘴里的"任务"是什么意思。不过我决定先装不知道。在游戏里，有些地方可能与原作有微妙的不同。

"没有，我什么都没听说。"

"那我就姑且做个说明吧。"

男人说着，把沙发旁的公文包放到膝头，从中取出一张照片放在桌上。

"你知道这件事吧？"

我从桌上拿起照片，见拍的是散落在海中的金属碎片。确认是空难照片之后，我问道："是飞机事故吗？看起来很像。"

男人点点头。

"这是半年前发生在波斯湾的惨剧。从开罗起飞、预定飞往卡拉奇的印航客机 DC10 突然在波斯湾上空失速，坠入海中。乘客及空乘员两百一十二人全部死亡。坠机原因至今仍未查明。"

男人又从公文包中取出一张照片递给我。这是一张男人的上半身照，右下方有明显的钢印，可见是护照等证件照片的扩印件。

男人的皮肤晒得跟黑人差不多，看脸却明显是东洋人。

"空难的遗体中发现了这个名叫阿卜德鲁·G.卡萨姆的男人，这是他随身携带的护照上的照片。护照是莫基玛夫共和国发行的，但事后莫基玛夫政府声明这是伪造品。"

"莫基玛夫共和国。"

我跟着念了一遍。这个词不由得令我心头一热——这是我自己杜撰出来的国名。

"没听说过吧。"

"这国家在哪儿？"

"在非洲西海岸，面积约两百平方公里，人口两万五千，是个小国。我们这架飞机正要飞往莫基玛夫的艾玛机场。"

"——"

我终于意识到，我真的进入了自己的作品。不可思议！用打字机敲出来的剧情，居然在这里变成了现实。

"如你所见，此人的外貌与阿卜德鲁·G.卡萨姆这个名字不相称。你再看另一张。"

男人又递来一张照片，也是只照到胸部上方的半身照。

"这是同一个人吧，只是肤色比较白。"我说。

"他是日本人，是我们的同伴。大家都叫他'月形'。"

"月形……？"我抬眼望着男人。

男人说的这个名号跟我的设定不同，原作里我用的是代号"Moon"。原来如此，"月形"听起来确实更有日本特务的感觉。

"是的。当然，这个不是本名，我们只是在组织里这么叫他。派月形去莫基玛夫是为了查探某人的消息。"

"某人？"

"约翰·E.巴德。你听说过吗？"

"没听说过。"我摇头答道。

男人往沙发背上一靠，双手交握在胸前。

"如果巴德还活着，应该有五十八岁了。"

"如果还活着？"

"他现在生死不明。巴德博士是美国的科学家，生物电子工学的权威。他那篇题为《A 与 B 神经系统竞争理论》的论文轰动了全世界。靠那篇论文，他获得了美国的奥斯卡科学奖，并在俄克拉荷马州立工科大学继续他的研究。据说十二年前，他前往丹麦参加国际神经物理学研讨会时，与同行的女儿帕梅拉一起失踪了。"

"十二年前……？"

"没错，当时巴德博士四十六岁，女儿帕梅拉十九岁。大约在五年前，英国建筑师吉姆·威斯特声称，他前往非洲旅行时，在莫基玛夫共和国看到了巴德博士。不仅看到了，他还和博士交谈了几句。不过谁也不知道那是不是真的巴德博士。为了判明真伪，组织派月形去调查。顺便提一句，吉姆·威斯特在回国后的第四天——一个星期天，死于交通事故。"

"……"

我静静地听着男人说话。男人脸上毫无表情。可能是被设定为鼻窦炎患者的缘故，言谈之间，他的鼻子不时发出"吭吭"的喷气声，形成了奇妙的腔调。

这是谁表演的呢？我寻思着。这个男人的言行实在是太自然了。当然，登场人物应该都是有原型的吧。映现在我眼前的男人多半是精巧的电脑合成动画，但肯定是先拍摄真实的演员，然后再进行了数据化。

只是，与一般的表演不同，男人的言行必须根据我的回答及反应而不断变化。

我想起了梶谷孝行的话：输入的信息量需以 Tera 为单位。这应该不是夸张。

"月形以医生的名义被派往莫基玛夫共和国的日本大使馆，之后的两年间，他不断搜寻巴德博士的下落。可是，某一天他突然从大使馆消失了。"

"是三年前的事？"

"精确点说是两年八个月前。之后，组织又派另一名特务去莫基玛夫调查月形及巴德博士失踪的真相。他叫'夏目'——当然这也只是我们内部称呼的代号啦——然而，几个月后夏目也杳无音信了。"

飞机剧烈地震动起来，与此同时，广播里传出了女人的声音：

——飞机将于数分钟后在艾玛机场降落，请将座位转回前方，并系上安全带。此后禁止吸烟，敬请配合。

男人把沙发转向飞机的前方，我也照着做了。随着"咔嚓"一声轻响，沙发被固定住了。我拉起垂在沙发旁的安全带，扣在腰间。

"半年前，月形化名卡萨姆，登上了飞往卡拉奇的印航 DC10 客机。"男人面朝前方继续说道，"我们不知道他的目的是什么，但他的遗体解剖结果令我们震惊。"

"解剖？"

"我们在他脑中发现了一块超小型电路板。"

"电路板——"

"他的颅骨上清晰地残留着脑外科手术的痕迹。我们对取出的电路板进行了分析，发现月形的大脑可能受控于那块电路板。"

"大脑受控制……"

轰！伴随着剧烈的声浪，机体大幅震荡起来，似已进入着陆状态。我望向窗外，机翼那边现出了红褐色的街景。

"美国有个组织，从二十年前起就在进行一项极其危险的研究。"男人继续道，"他们想做出一个能完全操控人类大脑及肉体的系统。用电路板控制大脑，配以训练有素的肉体，借此打造出完美无缺的战士。这项反人类研究的核心人物就是约翰·E.巴德。"

"……"

飞机触及跑道引发的振动传遍了我的全身。机体一度弹起又落下，发出刺耳的声响后，终于静止下来。

我望向窗外，跑道的对面是土黄色的管制塔。塔后晴空万里，蓝辉闪耀。

"如果……"男人解开安全带，回头对我说，"如果巴德博士在莫基玛夫共和国完成了研究，那对我们来说可是极大的威胁。"

"我该怎么做？"

　　我解开安全带，从桌上拿起月形的照片问道。

　　"你去确认这一威胁是否存在。如果属实，就把它完全抹除。这就是交给你的任务。你现在去日本大使馆，那里的人应该已经为你的行动做好准备了。"

　　男人说完，朝我伸出手。我从沙发上起身握住，他的手掌炽热而潮湿。

　　"那么，祝你好运。"

　　"你不来吗？"

　　男人摇头。

　　"我得在这里折返了，获准入境的只有你。"

　　驾驶舱旁的门开了，之前那个穿空姐制服的女人又现身了。她对我微微一笑，抓住墙上的握柄一拧，只听"哐啷"一声，椭圆形舱门弹向了机外。舱门一开，令人窒息的热浪便涌了进来。

　　"这边请。"她回头说道。我不禁咽了口唾沫。

　　我很清楚接下来会发生什么。正因如此我才浑身发紧。那将是一次非常严酷的冒险。

　　开启的舱门下方搭着两阶高的阶梯，我踏上一只脚，再度回首望向机内。

　　男人又说了一遍"祝你好运"。女人则面带微笑。

　　面对直射而来的火辣阳光，我眯起眼，走下阶梯，踏上了莫基玛夫的国土。

　　柏油跑道上停着一辆吉普车，驾驶座上的黑人士兵正向我招手。

　　"请上车。"

　　他的日语口音有点怪。

我点点头，钻进了吉普车后座。关上车门的同时，吉普车已缓缓启动，向土黄色的管制塔驶去。

这座机场设备简陋，十分狭小，只有一条跑道和一座泥巴色的管制塔，就像建在荒漠里似的。

晴空万里无云。干燥的空气中混杂着沙粒。我伸手抹了抹嘴，手背从唇上擦过，感觉很粗糙。

我在座位上挺直了腰杆。

"……"

就在这时，我感到一阵眩晕，只觉眼前一黑——

11

尖锐刺耳的声音在我脑中轰鸣。腹部被压向胸口似的不适感，使我不住地吞咽口水。眼前什么也看不到，身体仿佛在向虚空坠去。

我不禁大叫起来。

除了自己的呼喊，我好像还听到了别人的声音。

——回去……

一个男人在喃喃低语。这是我耳朵听到的声音？或者只是我内心的思考？我无法判断。

——上杉先生？

另一个声音在呼唤我。不适感仍在持续。

——上杉先生，你怎么啦？

这是笹森贵美子的声音。

我无法呼吸，喉咙似被堵塞，只能拼命地挥动手臂。

——肯尼斯，停下。

笹森贵美子的声音在我脑中回响。

"哇啊！"

我突然叫出了声，随即咳嗽不止。覆在我脸上的海绵胶垫被移开，屋内的空气不再通过装置，而是直接进入了我的肺。

——上杉先生，你还好吧？

我反复做着深呼吸，一边喘气一边思考。

人在床上。我正一丝不挂地躺在铺着人形海绵胶垫的床上。我这才意识到自己已从 K2 里出来。不知不觉中，我又被上下两张床夹住，通过管道返回了更衣室。

——上杉先生？

贵美子的声音再度响起。这次并非在我脑中鸣响，而是来自安装在房间某处的扩音器。

——请回应，上杉先生。

"啊……唔。"

我又咳了几下，只觉得声音卡在了喉咙深处。

——怎么了？刚才你突然陷入了恐慌状态，不要紧吧？

"……现在是什么情况？"

我从床上起身，俯视着全裸的自己。摸了摸胸与腿，感觉并无异样，只是全身还残留着轻飘飘、无从依托的感觉。

——到底是怎么了？你那边发生了什么？这边的监视器上毫无异常啊。

"突然……就什么也看不见了，感觉很不舒服……就像从高处下坠……"

——真奇怪，这是怎么回事呢？你现在感觉如何？"

"没，没什么，只是来得太突然，所以有点惊慌失措吧。"

——是吗……总之先穿上衣服，回到我们这边来吧？

"好的，我知道了。"

我跨下床。

屋里没什么变化，跟我进 K2 前一模一样——胭脂色的软墙，包着床的绿色圆筒，忘了关门的更衣柜伫立在房间的一角。

我走近更衣柜，拿起内裤。虽然我对贵美子说不要紧，但其实仍心有余悸。

穿上衣服后，我边戴手表边走出更衣室。肯尼斯·巴多拉站在门口，一脸不安地看着我。

"真抱歉，可能是我们的程序有什么缺陷。你感觉很不好吗？"

我向他摇摇头。

"不，我没事。"

我一边说一边望向房间的另一侧。笹森贵美子和高石梨纱正注视着我。我对梨纱露出腼腆的笑容，因为她的表情像冻住了似的僵硬。

"请坐。"

贵美子指了指她身前的椅子。

我依言坐下。贵美子歪着头打量我的眼睛。

"你详细地说一下，到底出了什么事？"

我点点头。

"直到下飞机为止感觉都很棒，我没想到能做得那么好。"

"没有不自然的地方吧？"

"没有，什么不自然，简直是太自然了，只觉得那些都是现实。我完全不敢相信自己是在游戏里。"

"从下飞机开始就不对劲了？"

"嗯，说是不对劲吧，其实是突然什么也看不见了，像是被抛到了空中……不，就像从空中坠落似的，感觉很不好，还无法呼吸……"

"无法呼吸？"

贵美子瞪大了眼睛，回头看肯尼斯。肯尼斯坐在控制台前，挠着自己的尖下巴。

"肯尼斯，你觉得会是什么原因？"

"可能是场景转移的过程中有 BUG 吧，我也不清楚。"

"解析一下看看。"

肯尼斯点点头，转向控制台，敲打起键盘来。两台显示器上的图像立刻发生了变化，左边的屏幕出现了列有数值的表格，右边则在绘制曲线图。

"下飞机的时候对吧？"肯尼斯问话时一直面对着键盘。

"没错。"

我盯着显示器点头。不管是表格还是曲线图，其实我都看不懂。

我瞄了梨纱一眼，只见她正神色惶恐地看着我。我朝她轻轻摇头。

肯尼斯回过头来。

"请说得详细一点。是下了飞机做什么的时候发生的？"

"有辆吉普车在那里等我。就在我上了那辆车，在座位上坐下来的时候。"

　　肯尼斯点点头，又一次转向键盘。显示器上的图像有了变化，曲线图的形状变了。

　　"在哪里？"

　　贵美子从椅子上站起来，转到肯尼斯身后。

　　"请稍等。"肯尼斯边说边敲打键盘，"我提流程表出来。"

　　右侧显示器上的曲线图消失了，取而代之的是一排排字符。看起来像目录。所有字符不是数字就是字母。

　　"看这里，上杉先生在这里上了吉普车。"肯尼斯用手指点着显示器上的画面，"这里，是他坐下去的时候。"

　　"吉普车已经启动了吗？"

　　"正要向管制塔进发。我是在这里强制中断了游戏。至少从记录上看，并无任何异常。"

　　"奇怪……要不分析一下程序看看？"

　　"我会对这个部分进行调查。不过得花点时间。"

　　"要尽快处理。"

　　"OK。"

　　肯尼斯开始操作键盘，贵美子则回头看着我。

　　"真是抱歉。在查明原因前，要不要来杯咖啡？"

　　"那我就不客气了。"我点头道。

　　贵美子走向房间一角。我看了梨纱一眼。

　　"……到底发生了什么？"梨纱小声问。

　　"我也不太清楚。"我摇了摇头。

　　"究竟是什么样的游戏啊？我好害怕。"

　　"不，不是你想的那样。"

　　我有点着慌，不知该怎么向她解释。

"你不是在里面无法呼吸了吗？"

"多半是因为我太紧张了。我了解剧情的进展，可是游戏里却不是这样的，所以被吓到了。感觉喘不上气，也是因为我太吃惊了吧。现在只是测试嘛，游戏还没完工呢。"

说来也怪，我当时一心只想安抚梨纱，试图消除她的恐惧感。我努力地对她笑，在她面前显出平静的样子。

"没错。"房间另一头倒咖啡的贵美子说，"我们的游戏还没完工，就因为没完工，才需要仔细测试。我们可不能让有缺陷的程序上市，所以才要上杉先生和高石小姐来帮忙测试。"

"可是……"梨纱凝视着贵美子，"你们没说游戏有危险——"

"一点也不危险，我保证。"贵美子两手端着热气腾腾的咖啡过来，给了我和梨纱各一杯，"上杉先生受到惊吓，是因为我一时疏忽，忘记强调游戏还没完成了。真的很抱歉。不过，就算程序出现问题，游戏过程发生异状，也绝对不会有危险。硬件的安全性我们已测试过无数次，保证安全可靠。软件方面的差错虽然会妨碍游戏进行，但绝对不会让玩家遇险。上杉先生，你觉得怎么样？感到危险了吗？"

我啜着咖啡，摇头道："我想我遇到的并不是危险。确实吓了我一跳，但并没觉得危险。"

这是谎话。其实我非常害怕，也感到了危险。当然，正如贵美子所言，我感受到的危险只是程序上的一个漏洞吧。事实上，我的身体毫无变化，跟进入 K2 前一样。

然而，我却企图消解梨纱的恐惧。换言之，当时的我完全成了贵美子的共犯。

仔细想来，这可能就是 K2 所拥有的魔力吧。我吃了那么大的苦头，却仍想再次进入 K2。因为出问题前，我在 K2 中的体验实在是太震撼了，时间虽短，却让它对我产生了毒品般的吸引力。

我不希望听到梨纱说"不要啦，我要退出"，我想与她共享这份体验。

"可是……"梨纱盯着手上的咖啡杯，"一定要脱衣服是吗？我从没听说玩游戏还要裸体的。"

"嗯嗯。"我点点头。这是预料之中的疑问。

"可不是，被要求脱衣服的时候，我也很惊讶。不过反正也没人看，就当自己是在洗澡——"

"关于这一点嘛，"贵美子在一旁说，"我们正在研发能让玩家穿着衣服或泳衣玩游戏的装置。但抱歉的是，现阶段必须全裸。刚才上杉先生的身体被包覆在特殊树脂制成的海绵胶垫里进了'壶'，而那胶垫就是 K2 的命脉。这项技术可是我们研究所的最高机密哦！"

贵美子一边说，一边把她的椅子拉到梨纱面前，坐了下来。

"胶垫是干吗用的呢？简单地说，就是和我们的皮肤进行信息交换。"

"和皮肤交换信息？"

"对，那树脂是极其精密的信息交换装置。我们的皮肤接收外界的各种信息，然后传递给大脑，而胶垫则能模拟身体所接触到的东西的质感、温度、压力变化等；与此同时，皮肤还会出汗、呼吸、进行新陈代谢。胶垫会将皮肤表面的这些活动以信息方式输回电脑，如此这般地与玩家的皮肤进行信息交换。"

"……"

"所以，在装置中，玩家必须让皮肤完全被海绵胶垫包住。

穿着衣服也能玩的装置目前正在研发，大概两三年后能完成，但现在就非裸体不可了。不过不用担心，每次游戏结束我们都会更换胶垫。经过彻底消毒、处于无菌状态的胶垫，要比刚刚洗好的内衣干净得多。就算前一个玩家身上带病，你也绝对不会在'壶'中被感染。还有，那个更衣室是非常可靠的私人空间，请相信我。"

就在这时，肯尼斯"呼"地重重叹了口气，我们不禁转头看他。

"找到原因了？"

贵美子把手搁在肯尼斯肩上。肯尼斯摇了摇头。

"不知道原因何在，稍后我会详细检查。"

"好吧……可是，这样一来，测试就没法继续了。"

肯尼斯摇摇头，抬起脸看着贵美子。

"没关系，我做了应急处置。"

"应急处置？"

"我做了一条迂回路径。因为知道发生问题的场所在哪里，所以我暂时取消这条线，直接进入了下一个场景，不会再通过有问题的地方了。今天我又得熬夜啦。"

"谢谢。"

贵美子重重地拍了两下肯尼斯的肩，转身面对梨纱，挑起了眉毛。

"你是不是很害怕？"

梨纱闻言，轻轻点头。

"当然，我们不能强迫你。这游戏明明已经测试过无数次，我也没想到这么快就出现了纰漏。高石小姐完全不了解'壶'的情况，难怪会害怕。但是，我们需要你的协助。你和上杉先生的协助对我们来说是必不可少的。肯尼斯做了应急处置，我想已经不要紧了。如果你真的不放心，那么今天我们在进入迂回路径前就中断测试。总之，你来都来了，看看我们开发的游戏是什么样的，体会一下感觉不好吗？"

"我……"

梨纱的视线投向了我。

我朝她点头。

"试试看嘛，游戏真的很棒。如果玩了一半不想继续了，就说出来，说不想玩了就行。"

梨纱垂下视线，盯住自己的掌心。随后她左手搓着右手，轻声问道："……可以马上就结束吗？"

"嗯。"贵美子平静地答道，"在刚才上杉先生中断的地方之前，我们就会停止游戏。"

梨纱闭上双眼深吸一口气，甩了甩头，一边笑一边看着我。那笑容像是硬挤出来的。

"好了，先来检查高石小姐的视网膜特性吧。"

贵美子的手搭上了梨纱的肩。那一瞬间，梨纱的肩头颤了一下。

12

结果，这一天我们在研究所里待了两个多小时。跟来时一样，梶谷孝行让我和梨纱坐上看不见外面的茶褐色箱型车，送我们回沟之口。等走出伊普西隆办公室时，已经过了五点。

"我的心脏还在怦怦直跳。"

梨纱和我并肩走向车站，按着胸口感慨道。

"我也是。"

我点了点头，梨纱开心地笑了起来。

从 K2 出来的梨纱与进去之前判若两人。她双颊泛红，大眼睛滴溜溜地转个不停，有点害羞似的在我身旁的折叠椅上坐下，兴奋之情溢于言表。笹森贵美子问她感想，她只说了一句"好吃惊"，离开控制室前往 K2 时的僵硬表情已荡然无存。

"肚子饿不饿？"

我正要将一百日元的硬币投入车站的自动售票机，梨纱突然这么问我。

"你这么一说嘛——"我摸了摸肚子。

"我好饿。我们在二子下车好不好？要不要去吃个汉堡什么的？虽然现在吃晚饭有点嫌早。"

"赞成。"我当然不会提出异议，因为我本来就在想怎么约她才好。

我们买了乘到二子玉川园的车票，钻进了电车。

"其实呀，"梨纱靠着门旁的扶手轻声说，"我是想跟上杉先生多聊几句。"

"……"

我回眼望着梨纱。她的话简直让我高兴得忘乎所以。

"你看，这事我只能跟你聊，毕竟公司要我们对游戏的事保密嘛。就这样回公寓的话，我恐怕要憋死的。因为我现在就想到

处打电话，想把那个装置的事告诉大家！我就是这性子。每次我
看完有趣的电影，大家就不爱搭理我，因为我会把电影里好玩的
地方统统讲出来。"

"明白。"我笑着点头，"我能想象你在电话旁痛苦挣扎的
样子。"

"上杉先生，你不会吗？啊，对了，你是原作者啊。你一直
挺冷静的。"

"哪里冷静了？我也是第一次见到那装置，情绪非常激动。
我心里挺着急的，你看我是那样退出游戏的，当时脸就白了不是吗。
我以为你一定会哭着说不玩了呢。"

"嘿。"梨纱俏皮地吐了吐舌头，"因为很可怕嘛，我真的
吓坏了。坐在控制台前的肯尼斯突然站了起来，笹森大妈也往那
边冲，所以我想肯定是你出事故死了。当时我只想逃走。"

"我就知道，所以才会急啊。我知道你害怕，但实际玩一下
你就能明白这游戏有多了不起，而且这种体验在别处是根本得不
到的。"

"幸好我没逃走，那个，唔——"梨纱歪着头看我，"我是不
是很烦？"

"烦？哪里烦？"

"拉着你聊天嘛。"

"为什么这么问？我露出厌烦的表情了？跟你聊天我可是求
之不得呢，像你这样的，唔……"

我一时语塞。这种时候说什么好呢——我还不习惯这样的交
谈。

"像我这样的？什么？"

"啊……是说像你这么漂亮的女孩啦。"

"——"

梨纱沉默地注视着我,随即露出了俏皮的笑容,点了下头。

"谢谢。"没有声音,她只是用口型说出了这个词。

一阵尴尬的沉默降临了。

电车抵达二子玉川站后,我们默默走出车站,到麦当劳买了汉堡、薯条和可乐的套餐,径直来到河滩。

我想我多半是一脸的飘飘然,要是撞见了哪个朋友,没准还会挨揍。感觉太爽了。今天早上在公寓里接到梶谷的那通电话前,我简直就像在另一个世界爬来爬去的老鼠。

游戏开始启动,我的《脑部症候群》被实体化了,而且现在还拎着装汉堡的纸袋和高石梨纱这样的美女同行。虽然我跟她今天才认识,感觉却像第一次互相表白心迹的同班同学。当然,我们并没有说出喜欢呀,爱呀之类的词,连手都没牵,甚至也无法确定我与她之间有没有那种感情,但这已足够让我陶醉了。

都是托了 K2 的福。

那个被笹森贵美子称为"克莱因壶"的装置,使我和梨纱的情绪高涨到了极点。

我们在水泥浇筑的堤岸上坐下,打开了装汉堡的纸袋。

"有件事我有点担心。"梨纱开口说道。

我看着她,问道:"什么事?"

"莫基玛夫共和国用什么语言?"

"什么语言?"

"我不会英语也不会法语。开吉普车的士兵是用日语叫我上车的,但今天游戏只玩到那里,我不知道后面会怎么样。如果去日本大使馆，那边会帮我准备翻译吗？"

"啊啊，"我笑了起来，"游戏全程都使用日语。我也不懂外语的——"

嘴上这么说，心里却有点不安，因为还没有向笹森贵美子确认过。我是用日语写《脑部症候群》的，里面的台词自然也都是日语，所以就想当然地以为肯定是这样……

"但是，外国人讲日语的话，会不会削弱游戏的逼真度？"

"……嗯，不过，那个肯尼斯·巴多拉日语不是很好吗？"

"因为他生活在日本啊。莫基玛夫共和国不是在非洲吗，街上走的人都说日语，感觉有点怪哦，你不觉得吗？"

"是吗？电视台播的外国电影，里面可都是讲日语的。"

梨纱扑哧一笑："那是配音啦。还是会觉得有点怪哦。"

"你今天只玩了序章，感觉如何？"

"特别棒。"梨纱吸了口可乐，"我早想当一回间谍试试了。"

"像玛塔·哈莉❶那样？"

"不不，是像 007 那样，只身潜入邪恶组织，揭穿全部阴谋。在极度可怕的大白鲨出现时，英勇地把它打飞，然后跟帅哥相遇坠入爱河。"

"007 里登场的都是美女。"

"我不要美女，只想要一堆帅哥。"

"要不向笹森女士提一下？"

梨纱嘻嘻一笑。

"一定会形成热潮的。"她一边说，一边将视线投向河面。

---

❶ Mata Hari（1876-1917），一战时法、德双面间谍，最终以叛国罪在法国被枪决。其从舞女到间谍的传奇一生曾多次被改编为影视作品。

"热潮？"

"你不觉得吗？这游戏一定会掀起热潮。要是把 K2 放在迪士尼乐园之类的地方，恐怕排一两个小时的队也玩不到。"

"啊，确实。我也和你一样，好想打电话把 K2 的事告诉大家啊。这游戏要是公开了，绝对会迅速成为话题，掀起一阵惊涛骇浪。"

"以往的游戏都会变得暗淡无光！大家会想电视游戏机有什么好玩的。啊啊，好棒！"梨纱拿起汉堡，抬头看我，"我们是游戏革命潮的第一批玩家，对吧？"

"游戏革命潮的第一批玩家……"

"你不觉得这是一场革命吗？你也是这么认为的吧？"

"嗯。"我点头表示赞同。

"不过，上杉先生应该算工作人员，不算玩家。也就是说——纯粹的玩家我是第一个。"

"这玩家进 K2 前还是一脸要哭的表情呢。"

"讨厌啦。"梨纱瞪了我一眼，"你要是再讲这种话，我就不理你了。"

"那可就糟糕了。"

"你明白就好。"

我大口地嚼着汉堡。

纸袋已经空了，我把我们俩的空纸袋收在一起，走向不远处的垃圾桶。走在杂草丛生的河堤上，我凝望着梨纱面河而坐的背影，只见她取下脖子上的红丝巾，收进了小肩包。

"你是学生吗？"

我回到她身边坐下。

"嗯，我在设计专科学校上学。"

"设计？设计什么？"

梨纱摇了摇头："还没决定，不，应该说是决定不了吧。早先我想从事广告业，而且对平面……唔，包装设计也很感兴趣。但最近又觉得广告业没什么意思，可能工业设计更适合我。所以我看到那个 K2，非常非常感兴趣。"

"哦，"我看着梨纱，"你要去那种设计公司上班？"

"有这个打算。我也说不清楚，比如，要是能让我做电脑造型设计之类的工作，大概会很有趣吧。"

"电脑？"

"嗯。现在的电脑，造型不是有点呆板吗？我觉得也得有可爱点的款式嘛。"

"原来是这样。"

"要么就去设计铁道口的栏杆。"

"铁道口的栏杆？"

"你不觉得那种造型让人倒胃口吗？那可是用来让人等待电车通过的，应该换换造型，让大家等的时候感觉好一点。"

"喔，真有创意。"

我对梨纱刮目相看了，很想瞧瞧她的作品。

"伊普西隆登过招募游戏测试员的广告吗？我完全没印象啊。"

"我是在招工信息杂志上看到的。待遇特别好，所以应征者多得不得了，我都没想到自己会被录用。"

"应征者多得不得了？"

"嗯。你不知道？面试安排在涩谷老旧的公民馆里，为期两天。光我参加的那天就有二十来个人挤在那里。"

"哦。都面试了些什么？"

"与其说是面试，不如说是适应性测试。他们要我讲出最喜欢的三部电影；问我如果前有狮子，后有老虎，右边是断崖，左边是栖息着鳄鱼的河，我会怎么应对——就是这样的问题。"

我打量着梨纱。

"你是怎么回答的？"

梨纱耸了耸肩。

"我回答说，抓住老虎，朝狮子丢去。"

"……"

"人家问我理由，我说脑子里只想到了这个。其实差不多就是破罐子破摔啦。"

"……你还真厉害。"

我能理解她为什么说想当 007 了。

"后面的环节就比较复杂了，简直像宇航员的招考。"

"宇航员？"

"嗯，要我填写极其详细的身体资料，测了视力听力，检查了肺活量和血压，还取了尿样。"

"尿样？"

"没错，他们给了我一个纸杯，叫我去厕所装尿液。真是的，这叫什么事嘛。"

"……"

"后面还有呢。楼里面有个大厅，在那里我们被要求跟着迈克尔·杰克逊的音乐随便跳——这种面试我还是头一次遇到。"

"你真的照做了？"

"可不是。话说回来，今天进了那个'克莱因壶'后，我有点明白测试的用意了。"

"可是……这测试还真够可以的，竟然叫应征者跳舞。"

"去面试的人都吵吵起来了。不过日薪很高，所以大家也就忍了。"

"呃……有多高？"

"两万。"

我瞪大了眼睛。

"两万？"

"是的。负责评测新游戏，为期一个月，每天工作约七小时，一天两万，不错吧？"

"……太惊人了，给这么多啊。"

"一个月连续工作三十天的话就是六十万。这么好的零工上哪儿找去？有也只能是风俗行业了。"

"……啊，嗯。"

"这活儿星期天也不能休息，整个暑假都算泡汤啦。但我本来就没打算出去玩，而且当游戏评测员嘛，工作就等于是玩，你说对吧？所以，其他应征者也都忍了，听从要求又是验尿又是跳舞的。否则大家都会觉得太荒谬而掉头回家的。"说到这里，梨纱似乎意识到了什么，转头问我，"上杉先生，你不用测试吧？"

"嗯。当初我投稿给杂志，希望能成为游戏的原作，但稿子字数太多，所以没拿到杂志的奖。伊普西隆看了那稿子，联系我说打算做成游戏。那是我读大学时的事。"

梨纱眨眨眼。

"上杉先生——你多大了？"

"……二十五。"

梨纱扑哧一声笑了。

"怎么了？"

"二十五？难以置信。"

"……"

我无言以对。

"对不起。你生气了？"

"我看起来很老气吗？"

"没有啦，只是我原以为你已经超过三十岁了。先入为主啦。"

我不知如何回应，只好将视线投向河面。

梨纱拍拍我的肩："对不起。我啊，总是想到什么就直接说出口了。"

我顿时变得更沮丧了。

我和梨纱在多摩川岸边待到了傍晚。起身准备回家时，我看到梨纱的耳环闪闪发亮。那是一对小小的金色圆耳环。

翌日，游戏测试正式开始。

测试工作开始的前四天，我和梨纱各进入 K2 十二次。至少在第五天来临前，一切都很顺利。如今想来，那是我人生中最幸福的时光。

我的《脑部症候群》被完美地实体化，正逐步转化为规模浩大的模拟游戏。梨纱与我日益亲近，每次从伊普西隆出来，都会一起吃晚饭，这已经成了我俩的习惯。我感到自己同时获得了两种幸福。

至少是在第五天来临前——

13

　这天下午两点，我身处于一个阴暗潮湿、有点像地窖的房间。

　墙上的灰浆有少许脱落，呈现出不规则的纹路，其下裸露着脏兮兮的土坯。边角已被磨圆的桌上有一盏顶着瘪罩子的油灯，正毕毕剥剥地冒着烟。

　一个年老的黑人在桌子对面抬眼看我，那眼睛让人联想到了腐鱼。他鼻子很塌，像被人捶扁了似的，厚厚的嘴唇已经干裂。两只苍蝇正绕着他额上的深纹飞舞，眉毛和短短的鬈发全是污秽的银色。

　我闯过五十二道关卡，才见到了这个老人。

　我对声称见过巴德博士的英国人吉姆·威斯特进行了调查，发现他来这个国家是为了寻找"莫基玛夫之宝"。我在一个名叫托茨拉的荒僻小村得知财宝藏在"基玛夫遗迹"中，于是决定先追寻威斯特的足迹去探查这遗迹。

　相传由古代王宫改建而成的总统官邸中有一幅壁画，画上绘有蛇之纹章。我在遗迹中找到了蛇之纹章。当打开瓦砾底下的大石棺时，就见一道几近崩塌的石阶直通地下。

　洞窟里的财宝已不翼而飞，不过我发现了囚禁博士爱女——帕梅拉的古城。当初她和父亲一起失踪时年方十九，如今已有三十一岁。

　我从她那里打听到，来莫基玛夫共和国追查"月形"的"夏目"被关在"派纳姆监狱"。我把她安置在位于艾玛的革命组织秘密据点，然后向沙漠中的监狱进发。

援救过程中夏目不幸身亡，但我已从他嘴里打听到巴德博士的消息。博士被软禁在总统官邸。与此同时，我又得知月形潜入过莫基玛夫陆军军营，于是决定去探访月形潜入军营前见过的老人。

每一道关卡都制作得极为精致，令人惊叹。我到处尝试原作中不存在的行动，但感觉不到任何不自然之处。登场人物都说着流利的日语，如梨纱所言，最初只有这一点显得有点怪，但随着游戏的进展，不谐调的感觉慢慢消失了。

我已彻底化身为游戏的主角。

"然后呢？"老人问道。他的语声嘶哑难辨。

"想请你告诉我。"我注视着老人。

"你是来问'库司库司'做法的？"

"库司库司？"

"是一种菜，吃的时候要浇上用羊肉和蔬菜熬出来的酱汁，美味之极。我可是名厨。"

我摇头道："我吃过饭了。我只想请你告诉我某个男人的事。"

老人抚摸着黑得发亮的桌面。桌面似乎沾着一层油脂，看起来黏黏糊糊的。

"我记性不好。而且，不管遇见谁，我都会在分别时选择遗忘。这是保命之道。要想活得长久，除了生存所必需的东西外都得忘掉。因为这世上几乎没有记在心里会有好处的事。"

老人一边说一边笑。他的牙齿洁白齐整，简直就像假牙，藏在齿后的舌头鲜红得刺眼。

"要花多少钱才能让你恢复记忆？"

老人哼了一声，视线从我身上移开。

"好大的口气，你想买我的记忆？"

"只要有买的价值。"

"那你就试试。"

我从怀里摸出一张照片，放在泛着油光的桌上。

"这男人三年前应该来过这里。"

"三年前？"

老人举起照片，就着昏暗的灯光仔细端详。

"和我一样，是日本人。你能想起来吗？"

老人默默地瞧了会儿照片。屋里充斥着奇怪的气味，难闻而又刺鼻。

老人把照片往桌上一放，伸出两根手指，按向自己的嘴唇。

"你带烟了吧？"

"带了。"

"不给我一根吗？"

我从口袋里掏出蓝盒的 Gitanes，抛向老人。他抽出一根衔上，把剩下的整盒都塞进了自己的口袋，随后又掀开灯罩，叼着烟凑上火头点燃。屋内的光线摇晃起来，老人凝视着香烟前端，眼里闪着红光。

"我记得他叫月形。"

老人深吸一口烟，缓缓吐出。

我一边点头，一边从怀里掏出钱包，抽出一张二十法郎的纸钞放在桌上。老人伸手要拿，我摁住纸钞制止了他。

"先说事。"

老人缩回手，又哼了一声。

"在那上面再放一张，或许我就能想起来。"

我从钱包里又取出一张二十法郎纸钞，摆在之前那张的边上。

"照片上的男人找我做了一本假护照。他在那个墙角拍完照，对我说名字就用阿卜德鲁·G.卡萨姆，要求两天内做好。我确实两天就做好了。第二天我把假护照交给他时，他要我把照片的底片也给他。当然，这是行规嘛，我也没含糊，都照着做了。"

"他还拜托你做过什么事？"

老人摇头。

"没了，他只让我帮他做假护照。我可是最好的技师，手艺过硬。怎么样，要不要帮你也做一本？"

"不用，我有自己的护照。他真的只让你制作了假护照？我还以为他问过你别的事。"

我一边说，一边用手指把两张纸钞敲得啪啪作响。

老人瞥了纸钞一眼，扬起银眉："……对了，他问我有没有办法弄到药。"

"药？什么药？"

"BN85。"

"——那是什么药？"

老人哼了一声，耸耸肩膀。

"谁知道。我就是被他这么一问罢了。我又不是开药店的。他说是一种特殊毒药，只需吃下极少的剂量，人脑子就会出问题。我告诉他，这种药我闻所未闻，如果莫基玛夫真有这玩意儿，那只可能是在岛上。"

"岛？……你是指玛格玛纳岛吗？"

"对啊，难道还有别的岛？不过，除非在政府部门有路子，那个岛一般没人上得去。"

老人边说边拿起桌上的四十法郎，而我则收回他眼前的照片，放入怀中。

"谢了。"

我从椅子上站了起来。

"你需要小刀吗？"

老人抬头看我。我摇了摇头。

就在这一瞬间——我视野中的所有事物都消失了。同时，所有的声响也都消失了。反胃的感觉令我胸口烦恶。

又来了——

我双腿用力地站住。向虚空坠去的感觉令我拼命伸出了胳膊。

这已是我第四次在 K2 中品尝到这种滋味。最初的两次我惊慌失措，急忙要肯尼斯·巴多拉立刻中断游戏。到第三次时，我试着忍耐了一会儿，于是就清晰地听到了那个声音。

——回去。

男人的声音在我脑中说道。总觉得那声音似曾相识。没等我想起来是谁，第三次测试便在此处中断了。

又来了。

我强忍着呕吐感，等待那个声音。

——回去。

男人说。

这声音直接在我脑中喊话，总觉得在哪里听过。

——不可再继续下去，回去。

"你是谁？"

我向脑中的声音发问。

——回去。

那声音又说了一遍。

"你到底是谁？"

——危险。继续下去会非常危险。立刻返回。不可再来。回去！

当我想再度探查声音的主人时，笹森贵美子的声音插了进来。

——上杉先生，又遇到那种情况了？"

"啊……是的。感觉很不好，请中断游戏。"

——明白了。肯尼斯，停止。

黑暗中，我的身体浮了起来，同时也感到了一阵轻松。

14

"这程序简直是漏洞百出啊。"

我穿上衣服走进监控室，只见笹森贵美子双手抱于胸前，感叹道。

虽然她面对的是我，但话显然是对肯尼斯·巴多拉说的。肯尼斯摸着后脑勺，用饱含歉意的眼神看着我。

"是在护照伪造所的出口处。"我对肯尼斯说。

肯尼斯轻轻点头。

"上杉先生，这回你瞧见了什么？"贵美子问道。

我抬眼看着她。

"你问了句'你是谁'对吧？是不是看见什么人了？"

"啊，不，不是看见了谁，而是听到声音了。"

"听到？"

"是男人的声音，在我脑子里说'回去、快回去'。"

"回去……？"

"是啊，说了好几次。"

"等一下。"贵美子又转向肯尼斯，"这声音是怎么回事？"

肯尼斯只是摇头。

"我们没有记录到那样的声音。贵美子，你当时不也看着监控画面？"

"嗯，但上杉先生可是听到了。"

"根据这里的记录，他不可能听到那种声音。"

我皱起眉头说："我确实听到了好几次，那个男声叫我'回去、快回去'。"

"好诡异。"肯尼斯困惑地歪了歪脑袋，"大概是程序有漏洞吧，比如在某个奇妙的地方产生了分支。但是，就算真的产生分支，也会在记录中留下痕迹才对……"

"说'回去'的男声才是关键。检查一下所有可能出现这个字眼的场所。应该是在其中的某处产生了分支。"

"知道啦。今天我又得熬夜了。"

贵美子拍拍肯尼斯的背，肯尼斯举起右手，做出"OK"的手势。接着，贵美子用眼神示意我离开房间。

我跟着贵美子走出了监控室。游戏每次限定二十分钟，一人一天三次，由我和梨纱轮流进入 K2。不过，若是在二十分钟之内受敌方攻击身亡，就会强制 GAME OVER（游戏结束）。《脑部症候群》经伊普西隆改编后，刺激度大大超过了我的原作，在战斗场景中被杀的频率很高。

在 K2 中被杀时，玩家感受到的冲击是极为强烈的。有一次，梨纱面无血色地回到监控室，说莫基玛夫政府雇的刺客悄悄走到她身后，突然扑上来用刀割开了她的喉咙。

"你握握看。"

当时，梨纱边说边朝我伸出手。她的手微微颤抖着。

每次游戏结束，我们都会走出监控室，去隔壁的小房间与笹森贵美子交流。房间中央的大桌子上摊放着游戏流程图册，每册厚达四厘米，共有二十四本。

我跟着贵美子走进小房间时，坐在桌子对面喝咖啡的梨纱从杯前抬起了脸。

"你回来啦。"

"我回来了。"

我应声在梨纱旁边坐下。与此同时，梨纱起身准备挑战今天的第二次测试。

"真有干劲。"贵美子语含笑意。

梨纱点点头，回以一笑。

"上杉先生进去的时候，我拟好了一个作战计划。这次我一定要突破关卡。"

"你到底打算杀几个人？"

"谁知道——没办法，谁叫敌人的数量那么多呢。"

"高石小姐，你记得至今为止自己在游戏里杀过多少人吗？"

梨纱眨了眨眼。

"这个嘛……多少人来着？我可没数过。"

"你听好了。"贵美子从桌上拿起电脑打印出来的数据，"目前为止，你进行了十三次游戏。在第四次时，出于正当防卫首次杀死一人。之后每次都会杀人。第五次两人，接下来是五人，然后是八人——十三次下来，总计多达六十八人。"

"咻……"梨纱吹了声口哨。

"今天，也就是刚才的那一次，从我的监控来看，你很有点乐得到处杀人的意思。"

"是这样吗？"

梨纱笑着俯视坐在椅中的我。

"杀人很有趣吗？"

"——坦白讲，是一种享受，也很刺激，虽然有点可怕……这个毕竟只是游戏嘛。"

"当然，是这样没错。"贵美子笑着说，"如果在游戏之外有这样的兴趣可就不得了啦。"

"我自己也很意外呢。"

"也在我们的预料之外。"贵美子看了我一眼，"上杉先生，你不觉得吗？"

我点点头："游戏的目的原本是要玩家运用推理，揭露莫基玛夫政府内部的秘密组织。至少我的原作是这么设定的，但梨纱却把它玩成了杀人游戏。"

"哎呀，"梨纱打量着我的脸，"听起来，你好像是在说我性格太凶暴了？"

"嗯，我也觉得我是这个意思。"

梨纱瞪了我一眼。我耸耸肩，走到房间一角去拿自己的咖啡。

"那么，接下来的事就拜托你了。"贵美子对梨纱说。

梨纱对站在咖啡机旁的我挥挥手，走出了房间。

我往杯中注入热咖啡，加入大量鲜奶油后，端着杯子回到桌边，边喝边等待贵美子回来。

诚如贵美子所言，游戏中的梨纱给人一种在享受杀戮的感觉。她对游戏中埋下的通往真相的线索视若无睹，一味蛮干，不断地尝试侵入总统官邸。由于官邸戒备森严，她每次都会遭到攻击。这种对战对她来说似乎是一件有趣至极的事，拜其所赐，她的游戏毫无进展。尽管她杀敌技巧日臻纯熟，滞留在游戏中的时间也越来越长，但结果总是被敌方杀死。

"她又去杀戮了。"

贵美子边说边走进房间。

"是不是该建议她转换一下方向？"我问道。

贵美子摇摇头，也往自己的杯子里倒了咖啡。

"不行，她有她自己的游戏。不让她随心所欲地玩，测试就失去了意义。我们的测试目的是要观察玩家如何进行游戏。"

"但是，这样下去梨纱的游戏是不会有进展的。"

贵美子将咖啡杯放于桌上，在我面前坐下，再次摇头。

"这次会有进展的。"

"……"

我望向贵美子。她双颊含笑，喝着咖啡。

"这次？"

"嗯，我叫肯尼斯稍稍修改了一下程序。"

"什么意思？"

"高石小姐还不知道，按游戏本来的设定，玩家绝对不可能侵入总统官邸，对吧？在侵入之前，一定会死在敌人无穷无尽的攻击之下。"

"嗯。要潜入总统官邸，就必须在陆军医院的资料室找到秘密出口。"

"是啊。不过,这个设定已经改了。"

"……改成了什么样?"

"只要杀死一定数量的敌人,即使从正面进攻也能侵入官邸。但侵入后,她会被敌人逮住。被俘之后就要看她怎么做了,搞不好会遭到严刑拷打。"

"严刑拷打——"

"这是理所当然的吧?为了查明她闯入官邸的目的,莫基玛夫政府会千方百计地逼她开口。"

"那逃脱拷打的方法呢?"

贵美子一点头:"有啊,不过很难。"

"可是……"

贵美子把咖啡杯放到桌上,回视着我。

"上杉先生,我知道你想说什么。确实,原作有了改动。但是呢,"贵美子拦住我的话头,"高石小姐的游戏方式给我们提供了一个方向。"

"方向?"

"是的。玩家不同,我们这个游戏的风格也会随之变化。高石小姐这种类型——说出来可能有点失礼——可称之为好战型吧,这类玩家也是有的。游戏也该对这部分人做出适当的应对,是吧?"

"……怎么个应对法?"

"作品被更改可能会让上杉先生不满。但是,我想给游戏设置两种路线。其一,重视剧情发展的推理爱好者,可以沿着原作的路线前进;至于另一种嘛,遇到好战型玩家,游戏就会转变成战斗游戏。"

"战斗游戏？"

"没错。总而言之，走这条线的玩家会战斗不止，不战斗到底就无法取得胜利。"

"换言之，不去追查游戏中隐藏的真相也没关系？"

"对。总之不管怎样都好，只要打倒莫基玛夫政府，从某种意义上说就算达成目的了，对吧。追查线索、靠理性思考前进是一种方法，用武力解决也是一种方法。这就是我从高石小姐身上得到的启发。"

"……"

我非常理解贵美子所说的话。

目前的游戏，譬如说电视游戏，也有两大类型。一种是动脑解谜型，以角色扮演游戏为代表；另一种则是杀戮型，以射击游戏为代表。潜心提升游戏技术是后者唯一的取胜之道。

杀戮型游戏的确魅力十足。打倒敌人，勇往直前。过关斩将时那种强烈的爽快感，是其他游戏所无法提供的。

另一方面，解谜也有解谜的乐趣，而且破解难题时的满足感同样无可替代。两种游戏的本质完全不同，对玩家来说则各有乐在其中的方法。

笹森贵美子的意思是要做同时能满足两种玩家的游戏。

但我的心情却有点复杂。正如贵美子认识到的那样，如此修改路线，会从根本上摧毁《脑部症候群》的理念。因为我追求的是纯粹的推理游戏。

"对啦。"

贵美子把咖啡杯推向一边，翻了翻摊在桌上的流程图册，朝我抬起头。

"我想听听你在护照伪造所的感想。"

"……"

我轻轻吐出一口气。

交谈之际，梶谷孝行突然神色紧张地冲了进来。

"怎么了？"

贵美子转头望向他。梶谷孝行摇摇头，视线移到我的身上，随后径直向我走来。

"上杉先生，请跟我来一下。"

"……"

我抬头看着他。

"敷岛映一先生是你的——"

"……是我姐夫。"

"据说他被送进了品川的医院。"

"哎？"

我不禁跳了起来。一旁的贵美子也被我带得挺直了背脊。

"梶谷，怎么回事？"贵美子问道。

梶谷朝她摇摇手，像是在说这不关你的事。随即他又转向了我。

"刚刚来了个电话，说你姐夫出了车祸，你还是尽快赶过去比较好吧？"

"姐夫……出了车祸？"

"嗯。车子就在上面等着。"

我看了一眼贵美子。

她皱着眉，轻轻点了点头。

"还是去一次比较好。梶谷，记得联系我。"

"知道了。"

梶谷走到门口，打开门，用手按住门板，转身看着我。

15

我丢下游戏中的梨纱，和梶谷搭电梯来到停车场。他拉开箱型车的滑门，转身面对我。

"现在这个时间，司机已经回去了。我来开车。"

说完，他就把我推进了车。

"我说……"

我刚要开口，车门就在我鼻尖前关上了。我一个人坐在后座上，看着被涂料抹得密不透风的车窗。

映一出了车祸——

映一开大型卡车，连续七年以上无事故无违章。我去姐姐家玩，总会看到门楣上挂着三张装在镜框里的奖状。那是他所在的运输公司颁发的，足以证明他的驾驶技术非常过硬。

他这样的人竟然会……

既然送进了医院，想必是相当严重的事故。

车里令人窒息。虽然开着空调，但我需要外头的空气。

我突然回过神，从座位上站起来，握住了滑门的把手。只拉开一点缝应该没问题吧。

"……"

我难以置信地看着门把手。

锁着。

目光移向驾驶座与后车厢之间的隔板。

不管怎么说，这也太过分了。如果出了车祸，他们打算怎么办？我会在危险万状的情况下被困在这里——

我怀着少许愤懑坐回原位。伊普西隆根本不信任我和梨纱。

车行驶近一小时，终于抵达了目的地。滑门一开，露出了梶谷的脸。

"到了。"他说。

我下车一看，车就停在医院的门前，正门上挂着"品川中央医院"的招牌。

"上杉先生，你先进去，我把车开到停车场去。"

"好的，我姐夫在哪儿？"

梶谷摇头说："我也不知道。你去挂号处打听一下，他们会告诉你的吧。"

我点点头，走入医院正门。

连过两道自动门后，我来到了兼做候诊室的大厅。沙发占据了这里的一半空间，几乎已被患者坐满。我发现大厅正面有个标着"外来患者挂号处"的窗口，便向那边跑去。

"请问，敷岛映一在哪里？"

穿白衣的女人抬起了头。

"是住院患者吗？"

"不，听说他出了车祸，被送到这里。我该去哪儿找——"

"急诊室在左边走廊的尽头。"

我转身向后一看，大厅侧旁有条通往深处的走廊。

"沿走廊直走，在电梯前右转，走到底就是急诊室的入口，请去那里的窗口询问。"

"谢谢。"

我依指示在走廊上快步前行，不久就看到了一扇像是后门的玻璃门，门旁有个服务窗口。

"打扰了，我是敷岛映一的家属。"

"……"

坐在窗口对面的白衣女子抬眼看着我。

"什么？"她问道。

"请问敷岛映一在哪里？"

"敷岛先生？"

"敷岛映一。我接到电话，说他人在这里。"

"……"

女人的目光落到了自己桌上的记录簿上。

"您说的电话，是指什么电话？"

我焦急地抓住窗口的柜台。

"大概在一小时前，我接到电话，说他出了车祸被送到这里。"

"名字是敷岛映一？"

"对，职业是卡车司机。"

女人从记录簿上抬起脸，摇了摇头。

"这里没有叫这个名字的患者。"她说。

"没有？可电话里明明说他出了车祸被送到这里来了呀。"

"是从本院打出的电话吗？"

"这个……"我看着走廊的另一侧，"电话不是我接的，是谁打过来的呢——可能是我的姐姐。"

"您姐姐？"

"她叫敷岛邦子，是映一的妻子。"

"请稍等。"

白衣女子转向桌上的电脑，摁了几下键盘，显示屏上出现了橘色文字"敷岛"。

"没有呢。"

"没有？"

"嗯，本院没有姓敷岛的患者，本来今天就没有来看急诊的。"

"没有来看急诊的……你是说，没有出了车祸被送进来的患者？"

"嗯，您是不是搞错了呀？"

"怎么会——"

我瞧见梶谷转过走廊的拐角，忙朝他招了招手。

"梶谷先生，她们说没有。"

"没有？"梶谷皱起眉，"没有什么？"

"我姐夫。说是没有患者被送进这家医院。"

"……"

梶谷看看窗口又看看我，走到窗口边上。

"这是怎么回事？"他凑近女人的脸问道。

白衣女子摇摇头。

"电话里说的是品川中央医院吗？"

"嗯，品川中央……有名称相似的医院？"

"还有北品川综合医院，请稍等，我找那边确认一下。"

"那就拜托了。"

梶谷回过身来，皱着眉挠了挠额头。

我发现走廊上有公用电话，于是一边掏摸口袋一边朝那里走去。我找出十日元硬币塞进投币口，拨通姐姐家的号码。

——您好，这里是敷岛家。

"……"

姐姐的声音让我十分困惑。那语气可不像得知丈夫出事的妻子。

——喂喂？

"呃……是我。"

——搞什么嘛，是彰彦？

"那个，你那边没什么变故吧？"

——什么？没什么变故啊，为什么这么问？

"姐夫呢？"

——去工作了呀。

"他人在哪里？"

——在哪里……那还用问吗，当然是在哪条高速公路上啦。你怎么了？

"今天他是要去哪里？"

邦子的声音中断了。

"我问你呀，姐夫今天是要去哪里？"

——谁知道啊。大概是九州吧，明晚才会回来。彰彦，你干吗问这个？

"没，没什么……他没事是吧。"

——没事？什么没事？

"是说姐夫啦。他没出车祸是吧？"

——出车祸？乱说什么呀！你怎么这么反常，突然说车祸什么的，别讲这种不吉利的话好吗！

"啊，对不起……姐夫的公司没打电话给你啰？"

——我生气了啊……你干吗突然这样胡说八道。

"我说姐啊，也许听起来有点荒唐，不过，你能不能找公司确认一下？"

——确认……确认什么？

"问问姐夫是否平安无事。"

——等等！究竟出了什么事？

"啊，说起来有点怪，我在打工的地方接到了姐夫出车祸入院的电话通知。"

——不会吧……

"总而言之，我现在就在医院，但院方说没有这样的患者，现在正帮忙打听是不是别的医院收治的。我以为问你大概就能知道了……"

——我没听说有这个事……没人联系过我。不可能！你想想，没道理跳过我先去通知你的，对吧？

"嗯，我也觉得怪，可是我很担心啊，姐姐你姑且向公司——"

——我打电话去问问看，等会儿联系你。

姐姐挂断了电话。

回头一看，梶谷正站在我的身后。

"她们说敷岛先生也没被送到别的医院去。"他一边摇头一边说。

"刚刚我给姐姐打了电话，她没有收到车祸的通知，我叫她去跟公司确认。"

"……"

"梶谷先生。"我抓住他的手臂，"那究竟是一个什么样的电话？"

"唔……"

"谁打来的？"

"稍等，我联系办公室确认一下。我只是转接了电话。"

我盯视着梶谷。

"原来不是梶谷先生接的电话？"

"唔，电话是打到办公室的，然后又从办公室转到了研究所……总之，请等我一下。"

梶谷推开我拿起了话筒。看着他拨号的样子，我终于意识到了一个问题。

映一出车祸的通知为什么会发给伊普西隆？

我没把伊普西隆的电话号码告诉过姐姐和映一。按说我身边没人会知道——

16

所谓的映一出车祸压根就不存在。

我和梶谷孝行在品川中央医院打电话时，这位仁兄正在"中国自动车道❶"的美东休息区跟同事一起吃山菜釜饭。他们在靠近山口县小郡的高速公路上，就算真的发生事故，往品川中央医院

---

❶ 贯穿日本中部"中国地方"的一条主要国道高速公路。

送也未免太远了。

没发生车祸，我当然安心，但疑问也随之而生。

确认映一平安无事之后，梶谷又接连打了好几个电话。然后，他放下话筒转身面对我。

"上杉先生。"他看着走廊的另一端，低声道，"我们走吧。"

"等等，这也太诡异了，每件事都让人摸不着头脑啊！"

梶谷边点头边抬手示意我闭嘴。

"总之先出去吧。"

"可是——"

梶谷不搭理我的话，率先在走廊上迈出了脚步。

"梶谷先生。"我紧追几步，与他并肩而行，注视着他的脸问道，"电话是谁打来的？伊普西隆的电话号码我没告诉过任何人。"

"我知道，到外面再谈吧。"

梶谷只小声说了这么一句，便又不声不响地往前走。

"……"

我有意无意地扫视着医院的各个角落。梶谷显得表情僵硬，似乎在惧怕什么。

出医院后，梶谷并没有去停车场，而是过马路走进了对面的咖啡店。他的行动让我一头雾水，只能跟着他。

我俩挑窗边的座位坐下，点了冰咖啡。接着，梶谷从桌对面向我一探身，说道：

"我可能犯了个天大的错误。"

"错误？"

梶谷点头。

"发觉得太迟了。我早该怀疑的。"

"……我不太懂你的话。"

"我们掉进了陷阱。"

"陷阱？"我环顾着店内。

"正如上杉先生所说，就算你姐夫出了事故，我们办公室也没道理接到通知的。这一点本该引起我的怀疑。总之，一听到被送进医院，我就惊慌失措起来。这是我的疏忽。"

"陷阱指的是什么？"

梶谷竖起了手指，像是在积蓄话语。

"上杉先生，你也很清楚吧，我们的游戏拥有多大的价值。"

"那是自然……"

"有一帮人拼命想攫取游戏的情报。"

"……"

"就是他们设的陷阱。假称车祸，诱骗我们到这里来。"

"为了什么？"

"找出研究所的位置。"

"……"

我凝视着梶谷。他轻轻点头。

"刚才我给研究所打了电话，笹森女士十分生气，责备我太轻率。搞不好我会被开除。"

"等一下，你是说有商业间谍之类的团伙在搞事？"

"是的。K2嘛，谁先发布谁就是赢家。事实上，按类似的思路研发新游戏的商家很多，只是装置比我们的差。他们很拼命，总是想竭力攫取竞争对手的情报。"

"可是，他们想查出研究所的位置，为什么要假称我姐夫出了车祸被送进医院——"

"他们正在附近监视我们吧。"

"……"

我望向窗外，马路对面就是医院的正门。

"只要从这里开始跟踪我们的车，就能找到研究所。"

"可是，"我摇了摇头，"那帮人为什么这么了解我？不光了解我本人，连我姐夫——"

梶谷耸了耸肩。

"调查过了嘛。"

"调查？怎么个查法？"

"我们没对沟之口的办公室做保密措施，他们要调查经常出入那里的你，并不是什么难事。"

"可是，这不是很奇怪吗？既然认识办公室，就不用把我们骗到医院来了，从办公室开始尾随就行了，这样不是更简单易行吗？"

梶谷缓缓摇头："那是不可能的。"

"不可能？"

"从办公室移动到研究所时，我们是非常小心的，还安排了各种对策，让人无法尾随。那帮人自然也已经试过很多次了。这些全都在我们的预料之内。就是因为知道此路不通，他们才使出了这种手段。"

"让人无法尾随的对策……是什么样的？"

"这我可不能说。"

冰咖啡来了。

我注视着拿吸管在玻璃杯中搅动的梶谷。

总觉得哪里不对劲。

"总之，"梶谷从玻璃杯前抬起头，"今天你就从这里直接回家吧。"

"从这里？"

"嗯，我要把车开回办公室，并且设法甩掉跟踪。"

"可是梨纱还在研究所里。"

"不用担心高石小姐，稍后我们会送她回去，虽然可能会比平常晚一点。笹森女士也认为今天应该中止测试，上杉先生，你就从这里搭电车回家吧。"

"这倒是无所谓……"

我再次望向窗外。我不太清楚跟踪者是否正在某处偷窥我们。梶谷的话听起来就像天方夜谭。

"有件事我刚才就想问了。"

我的视线转回到梶谷身上。

"什么事？"

"说我姐夫出事的那个电话，是什么样的人打来的？"

"听说是个男人的声音。接电话的人以为是警察或医护人员。对方只说，敷岛映一先生出了车祸，已被送到品川中央医院，请将此事转告上杉先生。"

我凝视着梶谷，脑海中浮现出了沟之口办公室内的景象。

"接电话的是谁？"

"怎么了？"

正喝着咖啡的梶谷抬头看我。

"仔细想来，我从没在办公室遇见过你之外的人。游戏测试开始前，我打过很多次电话，是一个女人接的。可是我没在办公室里见到女人。"

"啊。"梶谷笑着点头，"原来是这样，我应该向你说明的，那是电话代接公司的女职员。"

"……电话代接公司？"

"没听说过吗？有那样的公司哦。我们不会把电话号码直接告诉给外人，之前给你的也不是办公室的号码，那个电话其实就搁在电话代接公司的桌上。那里有几个女职员，坐在无数台电话前。有些人没有办公室，可不装出有办公室的样子又不行，就会使用这种服务。打电话过去，她们就说负责人不在，然后问明事由、加以归整，再转达给我们。"

"为什么要这样做……"

梶谷微笑着垂下双目。

"上杉先生也知道，沟之口的办公室只是个幌子。如果我整天都在那里，电话由我来接就行，可我大多数时间都奔波在外。语音留言也不好，因为我们想对外造成办公室一直有人的印象。"

"这也是为了保守机密……？"

"嗯，没错。所以，今天的事故通知电话也是打给代接公司的。由于是急件，代接公司呼叫了我的 BP 机。就是这么回事。"

"……"

我拿起桌上的吸管，一边给冰咖啡加奶一边看梶谷。他正闭着眼用手指揉搓眉心。

果然是有哪儿不对劲。

最让我怒火中烧的是我自身的处境。我不知道游戏公司之间的开发战争正在何处上演，但他们编造亲人出事故之类的谎言并加以利用，也让我非常生气。

——回去。

K2 里那男人的声音忽然在我耳际响起。

17

这天晚上，我一直在等梨纱的电话。

关于我先回去这件事，笹森贵美子也好，梶谷孝行也好，多半都不会把来龙去脉告诉梨纱。她有疑问的话会来问我——我是这么想的。

然而，梨纱没有打电话过来。她住的是出租公寓，但屋里没装电话。结果我等到凌晨两点才睡下。

翌日，沟之口的伊普西隆办公室里也不见梨纱的身影。

见我在办公室里东张西望，梶谷说道："高石小姐今天会晚点到。"

"晚点到？"

"嗯。毕竟昨天发生了那样的事，我们带高石小姐回这里时，天色已经很晚了。真是对不住她啊。昨天她本来还有事要办，结果因为回来得太晚，那事也就砸了。所以她说要在今天来这里上工前处理好。我们当然不能抱怨什么了。总之，我会先送你去研究所，然后立刻回到这里。"

梶谷边说边打开通向车库的后门。我默默地走过他身旁，进了车库。

我钻进了看不见外面的茶褐色箱型车，梶谷关上滑门。车子开动后，坐在前排的梶谷回头说道：

"那之后可差点把我累死。"

"怎么了？"

梶谷冲我直摇头："为了确认是否有跟踪者，我到处绕路，回到办公室时天都黑了。"

"那么，真有跟踪者吗？"

梶谷叹了口气。

"我说不准。这种事我也没怎么做过啊。从办公室回研究所后，笹森女士可没给我好脸色看。"

"既然无法确定，也可以认为本来就没人跟踪吧。"

"谁知道呢，对方也很小心谨慎吧。"

"……"

这之后直到抵达研究所，我都一言不发。总觉得和梶谷说话麻烦。

车停下后，我们坐电梯来到研究所，笹森贵美子已经在走廊上等着了。她朝我点点头，然后向我身后的梶谷扬起下巴。

"梶谷，你立刻回沟之口，高石小姐到了就马上带她过来。"

"知道了。"

梶谷没有走出电梯，直接又上去了。

"上杉先生。"贵美子带我走向监控室旁的小房间。

"不好意思，给你添麻烦了，虽然我们也不想这样。"贵美子一边往杯子里倒咖啡一边说道。

我坐在椅子上看她忙活。她把咖啡杯放到我面前，拉过一把椅子，坐在我旁边。

"你心情一定很糟吧？"

我凝视着她，摇了摇头。

"与其说感觉不爽，还不如说我对昨天的事完全无法理解。"

"那是自然。"贵美子点头道，"真的很对不起。"

"能问个问题吗？"

"行啊，什么问题？"

"梶谷先生昨天说的是真的吗？"

"……他说什么了？"

"说了间谍的事。他说间谍为刺探 K2 的秘密，谎称我姐夫出了车祸，把我们骗到了品川的医院。我只觉得这是天方夜谭。"

"我不知道该不该称那些人为间谍。但是，这种行为是确实存在的。上杉先生，我也有事想问你，最近你有没有被人跟踪过？有没有接到奇怪的电话？"

"……"

我回望着贵美子。

"又或者说，有没有电话里经常出现杂音之类的怪事？"

"这是什么意思？你是说有人在监视我？"

"有可能。"

"听着，我连自己现在在哪儿都不知道。我了解 K2 有多神奇，但并不懂这种装置的构造。你们让我协助游戏研发，却在各种事上瞒着我。监视我有什么意义？就算他们问我，我也什么都答不上来。"

"他们不知道这一点。"

"……"

"他们不知道你对于我们来说只是外人，只知道你是游戏的原作者，因此大概以为你是我们这个项目的核心人员之一。所以我才要向你道歉啊。我们没打算把你卷进来，但没想到那帮人会使出那种手段，也压根没想到会让你姐夫和姐姐不愉快。"

我凝视着贵美子。

"我该怎么办？"

贵美子摇了摇头。

"能像之前一样，我们就感激不尽了。"

"像之前一样？"

"是的，没有必要更改计划。虽然给你添了点麻烦，但我们的游戏还未完成。既然有人搅局，我们就必须加快进度。不过，项目本身还是一切照旧。"

"这里究竟是什么地方？"

贵美子注视着我，轻轻摇头。

"我不能说。不好意思，请你务必谅解。而且昨天又发生了那样的事，我就更不能说了。上杉先生，你还是什么都不知道的好，这样对我们来说比较方便，对你也更安全。"

"安全——"我眯起眼，"你觉得我会遇到什么危险？"

贵美子端起面前的咖啡杯，啜了一口。

"你刚才也说了不是吗，就算他们问你，你也什么都答不上来。只要不知道，你也就没危险了。"

"……"

我感觉很不爽。

"好了，"贵美子站起身，"今天高石小姐会晚点到，所以就从你开始吧。昨天的测试半途而废，拖慢了计划，我们必须加快点步伐。"

我抬起头，贵美子冲我一笑。

"昨天的那个地方肯尼斯修改过了。虽然还没查清游戏中断的原因，但总之可以顺畅地进行下去。"

我默默地站起来，跟着她离开小房间，走进监控室。肯尼斯·巴多拉朝我扬起了手。

我直接走到里边，脱下衬衫放在更衣柜的架子上。就在这时，有个亮闪闪的小东西从架子落到了地板上。我捡起来一看，是金色的耳环，大概是梨纱昨天打游戏时忘在这里的。我把耳环塞进了自己的裤兜。

我一丝不挂地躺上人形海绵胶垫，在熟悉的瘙痒感中，进入了 K2 的内部。

18

这是在哪里……？

我环顾四周，放眼望去都是高及胸口的野草。远方，处处有零星的两三株灌木从草丛间冒出。细细的草尖扎着我裸露在外的手臂。

我是在哪里？

如果是从昨天中断的地方接下去，那我应该是刚刚走出护照伪造所，站在集市旁的肮脏石板路上。然而，我此刻所在的却是一望无际的草原中央。

咔嚓……身后的草发出了声响。我回头望去，与此同时，某样东西从我耳边掠过。只见一个仅在腰间缠着布条、脸上涂着红色颜料的黑人张开大嘴向我扑来，手里握着一柄大刀。

"哇啊！"

我从他手下闪开，没命地在草丛中奔逃。野草间插着刚才从耳边擦过的长矛。

"肯尼斯！肯尼斯！"我一边跑一边嚷。

黑人逼近我的背后。我往旁边一跳，拼命地想躲开追击。

"肯尼斯，这是怎么回事？这是在哪里？"

——奇怪，请稍等。

肯尼斯的声音在我脑中说道。

我拼命地逃，一边逃一边摸口袋，手指触到了一个坚硬的金属物。掏出来一看，是手榴弹。我忙拉掉手榴弹的保险栓，边跑边回头看。黑人正高举大刀向我直冲过来。

——这是 QE678。

肯尼斯在我脑中说道。

"你说什么？"

——怎么回事啊，上杉先生，你正在 QE678 区。

我把手榴弹扔向黑人，边扔边喊："管它呢！总之快停止游戏！"

伴随着一声巨响，手榴弹在黑人身后爆炸了。他被炸得飞起，惨叫着向我这边撞来，我慌忙闪开。他倒在我的脚边，背上血肉模糊——

我吓得一屁股坐倒在地。

"嗖"的一声，眼前的景象消失了，覆盖在身体上方的海绵胶垫被掀开。

"……"

我一丝不挂地躺在床上。

——抱歉。

房中的扩音器里传出贵美子的声音。

——看来是哪里出错了，要不你先回来一次？

"……好的。"

我从床上下来，用力摇着头，吐出一口气。心跳依旧剧烈。我迅速穿上衣服，走回监控室。

"究竟是怎么回事？"我问道。

控制台前的肯尼斯回过头来："对不起，我昨天稍微改动了一下程序。看来是当时不小心销毁了你的记录。"

"什么意思？"

"是这样的，"贵美子从旁插话，"玩家的游戏进程不是全都有记录吗，每次进入 K2 时，电脑都会读取记录，让玩家从上次结束的地方开始。由于这部分数据遭到破坏，你被送进了完全错误的场景。真是难以置信！"

"对不起。"肯尼斯再度致歉。

贵美子瞪了肯尼斯一眼。

"进度已经比计划慢了，还搞出这种事情。能修复吗？"

肯尼斯转向控制台。

"我尽快赶。"

进行修复期间，我一直在隔壁的小房间等着。肯尼斯的工作似乎很不顺利，时不时来小房间看我的贵美子显得越来越焦虑了。

梨纱到研究所时，我已经从 K2 出来了将近一个小时。

"嗨。"

我向梨纱招手，她径直朝我走来。正要落座时，她回头看了看门口，站在走廊上窥视屋内的梶谷迅速走开了。

"你昨天怎么啦？"她在椅子上坐下，窃窃私语似的问道。

"他们没告诉你？"

"姑且算是告诉我了。听起来很荒唐，说是你和梶谷先生被对手公司的人骗了。"

"他们对我也是这么说的。"

"这话能信吗？"

我摇头。

"不知道啊。昨晚我一直在等你，以为你会打电话过来。"

"啊，是这样啊。"梨纱咬着嘴唇，"我真该打个电话的。对了，为什么只有你一个人坐在这里？"

"休息时间。"

"休息？"梨纱看了一眼腕上的手表，"不是还早吗？"

"出故障啦。"

"故障？"

"嗯。我也搞不懂，反正一进 K2 就发现自己在草原上，差点被一个原住民杀了。"

"这是在搞什么呀？"

"说是我的游戏记录数据损坏了。所以现在肯尼斯正在满头大汗地跟电脑作战，至于笹森女士嘛——"

我用手指在头上做出角的样子，扮了个恶鬼般狰狞的表情。

"这……和昨天的事有关系吗？"

"谁知道呢，应该没什么关系吧。是程序出了问题。"

"你知道我昨天几点离开的吗？"

我摇摇头："只听说很晚。"

"九点哦。"

"九点……真的？"

"嗯，我都怀疑自己会不会一直被关在这里了。笹森女士和肯尼斯都不怎么搭理我，梶谷先生回来后，他们三个说得热火朝天，简直就像吵架似的。总觉得这帮人哪里不对劲。"

"确实——"

我点点头，把后面的话咽了回去。因为我瞥见贵美子和肯尼斯正要进门。

"啊，高石小姐来啦！"

"我来晚了。"

"真是对不起啊。怎么说呢，你特地赶过来，可我们却必须中止今天的测试。"

"中止？"

我和梨纱面面相觑。

"修复不了吗？"

我望向肯尼斯，只见他用力地挠着金发。

"对不起，不彻底检查一遍的话看来是没法修复了。我头好疼。"

贵美子瞪了他一眼。

"头疼的人是我！这下测试什么的全都搞不成了。"

肯尼斯无奈地耸了耸肩。

贵美子转头看着我和梨纱："所以，今天就到此为止了。很抱歉让两位白跑了一趟。明天我们会和平时一样继续进行测试。"

有敲门声响起，所有人都转头望向门口，只见梶谷正站在那里。

"车准备好了。"

"司机呢？"

梶谷摇头说："差了一步，没留住他。我会送这两位回办公室的。"

"今天可别再像昨天那样了。"

"我明白。"

贵美子转身以一种"那就请吧"的眼神催促我和梨纱。我俩默默地站了起来。

总觉得气氛不大对劲。我不知道是什么让我产生了这种感觉，但能感到有什么事正在发生。贵美子、肯尼斯和梶谷都显得神经兮兮的。

梨纱向门口走去，我跟在她身后。看着她的耳朵，我把手伸进了裤兜。

"……"

然而，我却找不到本该在兜里的耳环。

梨纱的耳边闪耀着一副玻璃材质的蓝色耳环。

搭电梯上到停车场后，梨纱和我钻进了后座。梶谷关上滑门，走向驾驶座。

"你不觉得可怕吗？"车子发动时，梨纱对我低语道。

"可怕？"

"我好害怕。最初是怕进'克莱因壶'，可现在总觉得伊普西隆公司本身很可怕。"

"确实有点怪。昨天我被骗到品川的医院，但也就仅此而已，可是伊普西隆却反应激烈。尽管我不知道理由，但正如你所说，今天程序出问题可能也与昨天的事有关。总觉得很诡异。"

梨纱默默点头。

突然，她像是回过神来似的，从奶黄色小肩包里取出皮夹，掏出一枚一百日元的硬币，用它刮起了被涂料遮得严严实实的窗户。

"你在干吗？"

"嘘……"梨纱将手指竖在嘴前，不紧不慢地刮着窗户边缘的涂料。

"成功了——"

外面的光从涂料被刮开的缝隙里漏了进来。梨纱把眼睛贴在缝隙上。

"……"

我默默地看着她这一连串的举动。

"瞧，"梨纱悄声道，"好像是高速公路。"

梨纱一抬身，我和她互换了位置，也把眼睛凑近缝隙。眼前掠过白壁般的物体，白壁过后，可以望见远处绿油油的农田。掠过的白壁似乎是旁边超车而去的大卡车。白色的道路护栏好似一张薄膜，掩得远方的农田一片朦胧。

"没错，是高速公路。"

"看得到标识之类的东西吗？"

我试着在缝隙前调整视角，但很不顺利。

"不行，缝太小了，完全看不到前方。"

"把缝弄大点？"

"不不……太危险了。要是刮开一个大洞，梶谷会说话的。"

"……也对。"

我和梨纱轮流窥视着缝隙。

这辆车正在开往沟之口的途中。沟之口附近有第三京滨和东名高速公路，也不知是其中的哪一条。

通过这道窄缝几乎窥探不到什么，但我俩还是看个没完。抵达办公室车库，梶谷从车外打开后座滑门时，梨纱用身体遮住了那条缝。

"辛苦二位了。"

出了箱型车，我下意识地从车外看那扇车窗。从外侧完全看不出痕迹。

离开办公室走向车站的途中，我问梨纱："去不去？虽然时间有点早。"

"去哪里？"

"二子。"

"不了。"梨纱摇摇头，"今天有点事，我要直接回家。"

"有事……"

我不禁扭头看着梨纱，目光又一次停留在她的耳侧。

我再度摸索裤兜，手指依然没有触到耳环。不知为什么，我没把这件事告诉她。

我在樱新町站下车时，梨纱握着门旁的扶手，给了我一个飞吻。我站在月台上，目送载着她的电车消失在隧道中。

抛出飞吻的梨纱与平时判若两人。这是她第一次这么做，也是最后一次。

19

次日清晨，我被电话铃声吵醒了。从床上伸手抓起话筒时，电话已经挂断。

我一边在想电话响了几次，一边从毛毯中伸出头。脑袋异常沉重。我抓起闹钟贴在脸前，确认指针的位置。

"……"

九点多了。

我慌忙起身，下地时脚碰到了一个冰凉的物体。低头一看，原来是"日果"的方酒瓶。瓶子是空的，正躺在从床沿垂落的毛毯下面。

我用脚尖勾出酒瓶，弯下昏昏沉沉的头，把它从榻榻米上捡了起来。瓶底还残留着少许糖果色的液体。

喝酒的事，上床睡觉的事，我都不记得了。

我拿着酒瓶，用空闲的另一只手揉着太阳穴。走进厕所时，才意识到空酒瓶还拿在手里，就把它放到了洗脸台下面。

就在这时，电话再度响起。

我走到床边，这一回我认真地等铃响了三声，才拿起听筒。

"喂？"

——啊，请问是上杉先生家吗？"

是一个陌生的女声。

"是的。"

——我想问一个有点奇怪的问题，那个，梨纱……高石小姐在你那里吗？

"梨纱？"

我抬起头，看了看电话机。

——我想和高石小姐说几句话。

"……请问你是哪位？"

——啊，我姓真壁，是高石小姐的朋友。

"梨纱不在我这里啊。为什么打电话来我家问？"

——她没在你那里啊。

"……"

听筒里传来这个自称真壁的女人的呼吸声，还有她那边车来车往的杂音。这通电话真是叫人摸不着头脑。

——那个，你知道她在哪里吗？

"应该是在她自己的公寓吧。你为什么要来问我？"

——不，梨纱不在她房里。不好意思，我看了她的记事本，里面有上杉先生你的电话号码，所以我就想她可能……

"等一下，你说她不在她房里，这是怎么回事？"

——她不在她房里，昨天不在，前天也不在。我一直在等她。

我把听筒从耳边拿开，凝视着它。这女人在说什么啊？

"喂喂？我不太懂你说的话。你等的确实是高石梨纱小姐吗？"

——没错。她跟我一样，都在设计学校上学。

"梨纱昨天和前天都回公寓了呀。"

——不可能，她没回来过。因为我一直就在她房间里。

"……你为什么会在梨纱的房间里？"

——我有话对她说。

"不，我不是问你这个。既然梨纱没回去，你是怎么进她房间的？”

　　——我知道她放钥匙的地方……

　　“……”

　　——那个，你能跟梨纱联系上吗？

　　“……能不能再说一遍你的名字？”

　　——我姓真壁，真壁七美。

　　“怎么写？”

　　我在电话旁放了张便条纸。

　　——真实的真，墙壁的壁，数字的七，美丽的美。

　　我在便条上写下了“真壁七美”。

　　“我明白了，真壁七美小姐。今天我会跟梨纱碰面，到时我就把你打电话过来的事告诉她。这样行吗？”

　　——啊，会碰面吗？你跟她？

　　“嗯，每天都碰面的。”

　　——那个，在什么地方？

　　“什么？”

　　——你们在什么地方碰面？

　　“在工作的地方。”

　　——工作……啊啊，你和她在一个地方打工是吧？

　　“嗯。”

　　——请问，我去哪儿才能见到梨纱？

　　“见她？等等，工作时她可没办法见你。我会把你打过电话的事告诉她。这是最好的方式吧？”

　　——工作几点结束呀？

　　“得看每天的具体情况，我想五点左右能结束吧。”

——那请你转告她，我就在她房里等着。我有要紧事，拜托了。

"我明白了。"

我放下听筒，不禁叹了口气。

好古怪的电话。

电话里的女孩说她一直在梨纱房里。怎么会有这种荒谬的事。

说不定——我想，这和谎称映一出事故的那个电话一样，是同一伙人的阴谋吧。

——他们不知道你对于我们来说只是外人。

笹森贵美子这么说过。女孩想从我这里问出研究所的位置，所以谎称是梨纱的朋友……没准就是这样。

我决定不吃早餐，匆匆做好了外出的准备。正要出门时，想起忘拿了一样东西，又转身回到电话机旁，把搁在边上的便条纸塞进了衬衫的胸前口袋。

真壁七美——

这假名取得还挺像模像样的。我一边想一边按下了答录机的开关。

20

今天我到沟之口的办公室比平常要早。

"啊，上杉先生，这下可麻烦了。"

刚踏进铁皮屋办公室，梶谷就从对面的桌前站起身来。我条件反射似的在屋中寻找梨纱的身影，她好像还没来。

"装置修复不了？"我问。

梶谷绕过桌子站到我面前，摇了摇头。

"不，不是的。肯尼斯已经把 K2 彻底修好了，这个很好，但问题是高石小姐。"

"——"我望着梶谷。

"她说想辞职。"

"辞职？"

我的嗓门不禁大了起来。梶谷叹了口气。

"大约在二十分钟前，她打电话给我，说想辞职。"

"不会吧……"

"嗯，很过分对吧？我告诉她，测试还没结束，突然撂挑子不干我们会很难办的，可她说再也不想进 K2——"

"……"

"我已经通知研究所了，笹森女士也十分气恼，恐怕一切都得重头来过。"

我一把抓住梶谷的胳膊。

"梶谷先生——这是真的吗？"

"突然在电话里说辞职真的很让人头痛啊，昨天她可是只字未提。上杉先生，她跟你说过这种话吗？"

"没，我也没听说——"

我下意识地一回头，看到了门外的路。在烈日的照射下，路面看起来很干燥。

我想起了真壁七美的那通电话，摁了摁衬衫胸前的口袋，里头的便条纸沙沙作响。

"总之，就我们两个去研究所吧。这事真叫人不敢相信。"

梶谷向后门走去，我凝视着他的背影。

梨纱要辞职？

梶谷打开后门，转身看着我，像是在催我快走。

"虽然时间有点早，但我们得讨论一下接下来该怎么办。快走吧。"他说。

我走向后门，脑中一片混乱。

为什么梨纱突然打电话说要辞职？

我想起了昨天在地铁中分别时梨纱的那记飞吻。她面带恶作剧般的笑容，双掌在唇上一按，从将要关闭的车门之间向我挥着双手。

——今天有点事，我要直接回家。

我邀她去二子吃汉堡时，她摇着头这样说道。会是什么事呢？

我钻进了箱型车。今天梶谷也坐在后部的座位上。我倏地想起昨天被梨纱刮开的涂料。

"……"

窗上的刮痕不见了。

我窥视着坐在前排的梶谷的后脑勺，偷偷用手指抚摸梨纱昨天刮过的地方。只有那个部位重新抹上了一层涂料——

缝隙被补上了……

我看了梶谷一眼。

是他吗？

不管是谁填补的，总之公司已知道昨天我和梨纱刮开窗上的涂料窥探过车外。然而，梶谷却对此事一字不提。他们只是默默地把刮开的缝隙补好。总觉得这些人好阴险。

这天，我在研究所根本没心思测试游戏。和平时一样，我进了 K2 三次，但其中有两次是在发呆时被敌人杀死的。

"你看起来没什么干劲啊。"

笹森贵美子的话里含着露骨的挖苦意味，而我满脑子只想着梨纱的事。

梨纱打电话要求辞职这件事本身我就无法相信。她从未流露过那种意思。而且，她真想辞职的话，应该会先找我商量。

——你看，这事我只能跟你聊。

测试的第一天梨纱就对我这么说过。我和她每次从 K2 出来，都会互相打招呼。

"你回来啦。"

"我回来了。"

这已经成了我俩的习惯。每天从伊普西隆的办公室出来后，我俩都会到二子的河边吃汉堡，聊当天的游戏内容。

梨纱比我更中意"克莱因壶"，比我更喜欢进壶。

有一次，她对我说："今天我在游戏里吓了一跳。"

"怎么了？"

"你试过脱衣服吗？"

"……脱衣服？进 K2 时一直要脱的啊。"

"不，我是指在游戏里。"

"啊……没脱过。"

"我呀，之前就挺在意的，所以今天就脱了一次。"

"……"

"衣服里面竟然像模像样地穿着比基尼内裤和前扣式胸罩呢。"

我吃惊地望着梨纱。

"我一直在想裙子和上衣底下会有什么。可惜内衣裤都是白色的，没劲。"

"……这个我没查看过。"

"男生对这个不感兴趣吗？"

"你的倒是想看看，我自己的有啥好看的。"

梨纱扑哧笑出了声。

"哪天我心情好了就给你开开眼界。"

"真的？"

"骗你的。"

和梨纱聊天相当愉快。我猜她也乐在其中。正因如此，我不认为她会辞职。

我绝对不相信，她会不跟我说一声就突然辞职。

——我好害怕。最初是怕进"克莱因壶"，可现在总觉得伊普西隆公司本身很可怕。

昨天梨纱在车里这么说过。

因为害怕才辞职的？

这不是真的！

唯有今天，游戏让我觉得冗长，就像在看一场无聊的三流电影。与笹森贵美子讨论时，我也总是心不在焉，脑中只想着梨纱的事。

"上杉先生，"笹森贵美子打量着我的脸，"该不会连你也想说辞职吧？"

"……"

"高石小姐是没辙了，我们会安排替补。但你是无可替代的，千万别说辞职啊！"

　　我无言以对。听贵美子这么一说，我才意识到自己竟从未有
过辞职的念头。

21

　　一回公寓，我就去看床边的电话机。梨纱说不定来过电话。
我满心期待，可惜通知有电话进来的红灯依然暗着。

　　我翻了翻冰箱，取出一根鱼肉香肠和一罐啤酒，爬到床上盘
腿坐下，拉开啤酒的搭扣喝了一口后，咬破香肠的塑料外衣。

　　我在电话旁一直坐到傍晚。没办法，因为担心自己一走开电
话铃就会响起。

　　梨纱不可能不跟我说一声就辞职——

　　我脑子里只有这一个念头，对梨纱也是半含怨气。

　　电话铃响起时，窗外已亮起街灯。

　　我伸向听筒的手把茶几上的空啤酒罐撞落在了榻榻米上。

　　"喂？"

　　——呃，请问是上杉先生吗？

　　"……"

　　不是梨纱，是早上打电话来的那个女孩。

　　——喂喂，是上杉先生吗？

　　"是。"

——啊，我是真壁，今天早上打过电话的真壁七美。你帮我转告梨纱了吗？

"……没，没能转告。"

——为什么？我可是一直在等她啊。梨纱还没回家呢。我又根本联络不上她。

"梨纱今天没来上班。"

——没上班？昨天她不是去了吗？

"嗯，公司里的人说，今天早上她打电话说要辞职。"

——今天早上？从哪儿？

"什么叫从哪儿？"

——梨纱是从哪儿打电话过去的？

"我也不清楚。你说你姓真壁是吧？"

——是的。

"我想跟你当面谈谈，你能到我这里来吗？"

——这里……呃，是指上杉先生你那边吗？

"嗯。"

——也就是你的公寓？

"没错，不行吗？"

——我也想当面问你梨纱的事……可是，为什么我非得去你家不可？

我从真壁七美的语声中听出了戒备之意，便急忙加了一句。

"不不，只是梨纱说不定会打电话过来，我得一直守在电话旁。"

——啊……

她的声音停顿了片刻。

——可是，不好意思啊，我不能去陌生男人家里。能不能约在外头碰面？

这要求合情合理。

"真壁小姐现在在哪儿？"

——我正在梨纱公寓边的公用电话亭给你打电话。不过，在梨纱的公寓见面也不太方便啊。

"不，我没那个意思。我又不知道梨纱公寓在哪儿。"

——咦……

真壁七美的语气显得很惊讶。

看来她以为我和梨纱有更亲密的关系。

"要跟你见面的话，约在哪儿比较好？请指定一个你方便出行的地点。"

——那……涩谷如何？

"涩谷的哪里？"

——那里有一家我常去的咖啡店，可以吧？

"哪儿都行。"

——PARCO 商厦附近有一家叫"Humpty Dumpty"的店，你听说过吗？

"哪个 PARCO？"

——从 PARCO 商厦的一号馆和二号馆之间的路进去，往右边一拐就到了。

"你说右边？也就是二号馆那边啰？"

——没错，是右边第一个路口呢……不对，好像是第二个吧……哪个来着呢。总而言之右边有条路可以进去，拐个弯立刻就能看见那家店。

"明白了，我会自己找。对了，我该怎么找你呢？"

——找我？

"我不知道你长什么样。"

——啊，对啊！我嘛，穿牛仔裤，上身是没有花纹的黄色无袖洋装。

"知道啦。我嘛——"我低头看自己的衣着，"穿的是有可口可乐标志的 T 恤。"

——你多久能到？

"坐电车去涩谷需要七八分钟吧。电车马上就来的话，我想二十分钟内就能到。"

——明白了，我多半会比你早到。

放下话筒后，我愣愣地盯着电话机看了近十秒。

真壁七美——

她真的是梨纱的朋友吗？还是谎称姐夫出事的那帮人的同伙？

管他呢，总之先见上一面再说。

我捡起榻榻米上的空啤酒罐，按下答录机开关，从床上站了起来。

22

我很快就找到了"Humpty Dumpty"。木制的格子店门上坐着一尊木雕人偶，蛋形的木脑袋上有鼻子有眼，身上还穿着三件套的条纹西装。

现在已是黄昏时分，涩谷到处都是下班的人群。

这是家小店，横窄纵长。左边是一溜吧台，右边并排放着四张小圆桌，每桌只有两个座位。

身穿牛仔裤和黄色无袖洋装的少女坐在靠里的第二张桌子前。我进店时，她似乎也认出了我，微一扬手朝我打了个信号。她的桌上摆着冰咖啡的玻璃杯，旁边是一个随身听。

"我是上杉。"

"我是真壁七美。"她微微欠身。

我在她对面坐下，指着她的冰咖啡，对过来送水的服务员说："我也要这个。"

感觉真壁七美是个好强的女孩。一头乱翘的细波浪卷短发，粗眉毛，宽下巴。这长相就像有人故意搞破坏，从一张美女的脸上抽掉了一点东西。

她拿乌溜溜的大眼睛挑衅似的看着我。

"能先问个问题吗？"七美开口道。

我点点头。

"上杉先生和梨纱是什么关系？"

"关系？"我不禁失笑，"她打工的地方也是我工作的地方，就这点关系。"

"但梨纱在记事本上写了你的电话号码，一整页纸上就只有这一个号码。通讯录里反倒没有上杉先生的名字。"

"所以我很特别？"

"我是有这个怀疑。"

"现在还不算特别。"

"还？也就是说，今后有这个打算？"

我缩了缩脖子。

冰咖啡来了。我加入糖浆和鲜奶油，用吸管喝了一口后，抬头望着七美。

"真壁小姐，你说过你跟梨纱是同学对吧。"

"嗯。"

"你的志愿也是成为设计师？"

"嗯，我想从事广告设计。不过，梨纱说她已经不喜欢广告设计了。"

"你一直待在梨纱的住处？"

七美点点头，视线落在自己的咖啡杯上。

"你想跟她商量的要紧事是什么？"

"今天梨纱辞职了？"七美抬起头，像是要摆脱我的话题。

"听说她给公司打了电话，突然说要辞职，公司方面很伤脑筋呢。"

"是什么样的工作？"

"怎么说呢……"我一时语塞。

"之前有个游戏公司在招评测员，她说会去应聘。是不是这个工作？"

"是的，测试还在研发阶段的游戏。她做的就是这个评测工作。"

"是什么样的游戏？任天堂的红白机还是别的什么？"

"不，不是市面上常见的那种。游戏还在研发阶段，是对外保密的。怎么说呢，总之我不能把详细情况告诉你。"

"对外保密？"七美盯视着我，"上杉先生也是打零工的评测员？"

"……嗯，算是吧。"

"梨纱是今天说要辞职的？"

"嗯，昨天她还好好地上了班，今天早上突然打电话说要辞职。"

七美皱起眉，看着身边的墙壁。墙上挂着小画框，画里是《爱丽丝梦游仙境》中的一个场景：爱丽丝撞见疯帽子先生、三月兔和睡鼠在举行疯狂茶会。

"可是，这也太奇怪了。"七美的视线转回到我身上，"梨纱昨天和前天都没回公寓。"

"现在该轮到我提问了。真壁小姐，你昨天和前天都是在梨纱房里过夜的？"

"……嗯。"

"为什么？"

"我想等她一回来，就向她解释……总之，我有事要跟她说，所以就去了她的公寓。"

"是前天吗？"

"对。"

"梨纱知道你要来吗？"

真壁摇头说："因为我是突然登门的嘛。不过，我讨厌在公寓门前瞎逛，就决定进房间等她。"

"擅自开锁？"

七美深吸一口气。

"我知道这行为不妥。只是有一次我去她家玩的时候，她出门把钥匙忘在房间里了。当时她是从门框上方拿出备用钥匙开的门，还对我说这是秘密。所以我就是用那把钥匙开门进去的。梨纱回来后多半会吓一跳，还会生气吧。不过我是打算道个歉，然后求她收留我过夜的，所以就……"

"你家在哪？"

七美摇摇头。

"跟她一样，在偏僻的乡下。我是一个人来东京的。"

"不，不是问你老家，你在东京应该也有住处吧？公寓呀出租房什么的。"

"以前住的地方不能再待了。"

"为什么？"

"……"七美瞪着我，"连这种事也要告诉你吗？"

"啊……抱歉，我可不是要打探你的隐私，只是——"

"总之我一直在等梨纱。我猜她可能跟男友在一起，因为是暑假嘛，可能去哪里旅行了。但是我那样趁她不在擅自进门，心里实在过意不去，就想着能不能联系上她。只是，我又不认识她男友。所以，虽然觉得不太好，我还是打开她的小肩包看了。包里有记事本——"

"等等，你说小肩包？是什么样的？"

"什么样的？"

"是不是奶黄色、软皮的？"

"……嗯，是束口型的，配着细带子。"

我把冰咖啡往旁边一推，手肘撑在桌上说道："那梨纱是回了家的。"

"回了家的？"

"我看到梨纱昨天背着那个小肩包。"

"……"

确凿无疑。昨天梨纱在看不见外面的箱型车里，从小肩包中取出皮夹，用百元硬币刮开了窗上的涂料。那个小肩包正是束口型的，奶黄色，有细带。

"你是今天早上从小肩包里找出梨纱的记事本看的吧？"

"嗯……"

"这就意味着至少她昨天回过公寓。"

"胡说——这不可能。"

"为什么？昨天我在新玉川线跟梨纱道别时，她还背着那个小肩包。我是没看过她的包，但记事本应该也在里面吧。梨纱没回过公寓的话，你是不可能看到记事本的。"

"骗人！"七美惶恐地看着我，"你干吗撒这种谎？"

"这是实话。我有必要撒谎吗？"

"但是！"七美大叫起来，随即她意识到了这一点，不知所措地垂下目光，"但是……我昨天一直在梨纱的公寓里，一直在等她啊。我不知道怎么办好，想去找个旅馆住，可我讨厌住旅馆的感觉，又觉得必须赶快找间公寓安顿下来，所以就一直待在屋里看公寓出租信息。她没回来过，一次也没有。你骗人！她没回来过。"

七美直视着我。

"你一次也没离开过房间？"

"——离开过。中午我抽出两小时去附近的房屋中介公司看了一眼，晚上又在澡堂待了一小时左右。不过我出去时都留了字条的。"

"字条？"

"我在桌上放了张纸条，写的是'擅自进屋非常抱歉，回来后会向你好好解释'。这次出来我也留了。"

"看来只有两种可能了。"

"两种可能？"

"一是梨纱在你外出时回过家，虽然看到了你留的纸条，但不想见你，所以又出去了。"

"胡说八道！梨纱不是那种人。"

"那就是第二种了——你对我撒谎。"

"……"

七美瞪大双眼。

"刚才你说我撒谎，可我确实没有。真有人撒谎的话，那也应该是你。"

"我为什么要撒谎？"

"谁知道呢，但我只能这么想了。"

"真是胡扯。"

"我哪里胡扯了？这话由我来说才对。说，你到底是谁？"

"什么意思？"

"你接近我有什么目的？"

"目的？你这话问得奇怪。我应该说过吧，我想见梨纱。"

"我也想见她。你一出现梨纱就辞职了。梨纱究竟在哪儿？"

"……"

七美表情僵硬地瞪着我，忽地拿起搁在脚边的包，把桌上的随身听塞进去，又取出了皮夹。她反扣账单，掏出一杯冰咖啡的钱放在上面，随即站起身。

"你干吗？"

"我要回去了。"

"为什么？"

"跟你没法谈。"

七美头也不回地走向出口。我抓起账单和她留下的钱，补上自己那杯冰咖啡的金额，跑向柜台。将皮夹塞回裤兜时，我的手指碰到了一个小小的硬物。

"……"

掏出来一看，是耳环——

小小的金色圆耳环。是梨纱落在更衣柜里的东西。当时我捡起来放进了裤兜，后来以为弄丢了……

我的脑中顿时乱成了一团。

我抬眼望着七美刚离去的出口，把账单和钱往柜台上一搁，奔出了咖啡店。

23

我奔到大马路上，才总算追上了七美。

"等一下！"

七美一声不吭地回头看我。

"抱歉，或许我不该一口咬定你撒谎，但是我也和你一样担心梨纱。”

“……”

人潮避开我和七美，向左右分开，又在另一侧合为一处。有人一边走过，一边还来回打量着我俩。

“我无法理解你的话，说不定你也有同样的感觉。不管怎样，我还是想和你再多谈几句。要不要换个地方——”

“上杉先生，你承认自己撒谎了？”

“不，我没撒谎，我说的都是实话。”

“那撒谎的还是我啰？”

“不不……等一下。其实我也不太明白。关键问题是，梨纱什么也没跟我说就辞职了。我一直在等她，以为她会给我打电话。可答录机里也没收到任何来电。她为什么突然辞职，我实在是摸不着头脑。昨天告别时，她一点也没有要辞职的意思啊。”

“上杉先生，你之前说过吧，你跟梨纱只是同事而已。”

“没错。”

“那么她没跟你商量就辞职也不奇怪吧？”

“……话虽如此，但是……我跟梨纱每天都聊天的。”

“聊什么？”

“游戏什么的……都是些家常话。”

“我要回梨纱的公寓了。我完全搞不懂到底发生了什么。总之这是我现在唯一能做的。”

“我也——我可以跟你一起去吗？”

七美扭头看我。

“去哪里？”

“梨纱的公寓。”

"……去干什么？"

我摇摇头："我也说不清楚，但我想核实一下你所说的话。"

"想确认我有没有撒谎？"

"……嗯。"

"那我又该怎么核实呢？"

"什么意思……？"

"上杉先生说的话我该怎么核实啊？梨纱的房里有小肩包哦，我可以拿给你看。但在你看来，这不正是我撒谎的证据吗？既然你都认定我撒谎了，我们还怎么谈？"

"可是，最初是你先认定我撒谎的。"

"……"七美环顾着四周，"也是……这倒是真的。"

"这个请求或许有些离谱，我知道叫你带我去梨纱的住处不合理，但是——"

"好吧。"

咦？我抬眼望向七美。

"走吧，步行只要十分钟左右。"

"你说步行……？就在涩谷？"

七美点了点头，开始下坡。

"在圆山町。门牌号不清楚。"

七美的脚程非常快，我像是在追着她走。

穿过乱七八糟的小巷，进入了住宅区。七美从庞大的宅院和高楼大厦之间走过，最后在一栋两层楼的木造公寓前停下了脚步。

"厉害吧？"七美喃喃自语似的对抬头看公寓的我说。

"就是这里？"

"对。这种公寓还能保留下来，你不觉得很厉害吗？这是涩谷硕果仅存的破公寓了。"

七美边说边踏上公寓侧边的阶梯。我尾随其后。上了二楼，走到外廊尽头，便是梨纱的住处。七美站在门前，回头朝我挤了挤眼睛，然后把手伸到门上方，取下一把银色的小钥匙，开完门后又把钥匙放回原位。

"进去吧。"

"……"

我有些迟疑。

不打招呼就进梨纱的房间，而且还是跟刚刚认识的女孩一起进去……

"怎么了？里面又没有妖怪。不是你说想来的吗？"

"……"

我率先步入门内，只见狭窄的换鞋处摆着一双白色女鞋，跟很低，穿起来大概会很舒服。不过我不记得梨纱是否穿过，之前从没注意过她的鞋子。

房间入口处挂着黑白条纹的布帘，无法望见屋内的情景。布帘下露出深褐色的地毯。

我脱掉鞋，掀开布帘进了屋。里处是一张矮床，靠外则摆着同样偏矮的大桌子。桌上有一张纸，写着：

擅自进屋非常抱歉，现在我要出去一下，回来后会向你好好解释。

——七美

床边并排摆放着木柜和书架，迷你音响被收在书架的中层。

矮桌旁的地毯上搁着十二寸大小的电视机，右侧是小小的洗碗池，边上有一台小冰箱。

"很兴奋吧？"跟在我后面进来的七美说道。

"嗯？"

"居然色眯眯地到处打量。你怎么能拿这种眼神看女孩子的房间呢。"

"啊，不……"

"我之前听梨纱提过，这里的房东十年前去了欧洲就一直没回来。而且，虽然另有管理人——应该是这么叫的吧，但也不能擅自改建，所以没法子，就只能让这栋楼这样破烂着。不过，听说这里很快就要拆了。"

"我想也是。"

"现在这样太浪费啦，改建成高级公寓的话会赚翻的，这里可是涩谷啊。"

"亏梨纱还能找到这种地方。"

"我也很佩服。梨纱特别会过日子。喂，你打算一直站着吗？往床上躺是不行的，找个地方坐吧。"

"啊，可不是吗——"

我在桌前坐下。七美低头看着我，扑哧一笑。

"要不要喝点什么？"

"不，不用了，刚喝过咖啡。"

"这倒也是。"

七美绕过桌子，取下木柜上的小肩包，背靠着床在我面前坐下。

"就是这个啦。"

我点了点头。

这确实是梨纱昨天背过的小肩包。

七美叹气似的举起包，问道："里面也想看吗？"

"我才不看。否则又要被说成眼神色眯眯了。"

七美耸耸肩，把小肩包搁在桌上。

"我想再问一次。"我的视线从包移向七美，"真壁小姐是前天来这里的，对吧？"

"对啊，我可没撒谎。应该是前天下午吧，我拎着这玩意儿过来了……"她指指木柜对面的红色大旅行包。

"很像离家出走啊。"

"差不多吧。梨纱不在，所以我就擅自进了门等她回家。"

"但是，她没回家。"

"嗯。上杉先生，前天你和她见过面吗？"

"见过啊。不过她前天回家应该很晚。她说从工作的地方出来时就已经九点了，到家应该是十点半左右吧。"

七美摇头说："十点半的话，我正在这里看电视呢，一边想着'梨纱是不是打算彻夜不归，想不到她也过上了糜烂的生活'之类的。十点半也好，十一点、十二点也好，反正她就没回过家。"

"糜烂的生活……如果你说的是实话，而我说的也是实话，那么——"

"这可能吗？你我的说辞压根就是截然相反的。"

"不，还有一种可能。如果我们两个都没撒谎，那撒谎的就是梨纱。"

"梨纱——？她说什么了？"

"她对我说她回了公寓。她说她前天晚上九点才下班，昨天下午一点跟我在新玉川线道别时，也说想直接回家。或许昨天也好，前天也好，她都没回家，而是去了别的地方。"

"什么地方……？"

我只是摇头。

"上杉先生，你刚才的话很奇怪啊。梨纱说她前天晚上九点才下班，这是怎么回事？你俩不是在同一个地方打工吗？"

"前天我跟她是各自回去的。昨天我从她那里听说，她前天下班特别晚。"

"……"

七美抱住膝盖，沉默了片刻，然后抬起眼睛凝视着我。

"打听个隐私可以不？"

"隐私？"

"关于你和梨纱的关系。"

"怎么？"

"接过吻吗？"

"……"

我盯视着七美。

"牵手之类的呢？"

"我不是说过吗，我喜欢梨纱，梨纱大概也不讨厌我，但我们不是那种关系，还没进展到那一步。我和她只是朋友。你为什么要问这个？"

"别激动啊，我只是觉得奇怪。"

"哪里奇怪？"

"你看，既然梨纱不是你的女友，她就没有必要撒谎，不是吗？如果她跟你睡，却又跑去和别的男人过夜，那她骗你说回公寓了，我还能理解。但是，对一个连手都没牵过的男人，她没必要撒谎吧？”

　　“……”

　　的确，梨纱根本没有骗我的理由。

　　“梨纱究竟在哪儿呢？”

　　我从裤兜里掏出梨纱的耳环，放在掌心上凝视着。

　　“那是什么？”

　　我把耳环放到桌上，对面的七美伸手把它拿了起来。

　　“耳环？”

　　“梨纱的。”

　　“……怎么回事？”

　　我摇头解释道：“梨纱落在工作地点，被我捡到了。”

　　七美看看我又看看耳环。

　　好奇怪。昨天我在更衣柜发现耳环，把它塞进了裤兜。之后想还给梨纱时，一摸兜耳环却已经不见了。然而，现在它就在我的眼前。

　　“这又意味着什么呢？”

　　我摇摇头。如今我已是一头雾水。

　　梨纱在哪儿？为什么会突然辞职？

　　“喂，我真的很费解，这个还能弄丢耳环的工作，到底是怎么回事啊？”

　　“——”

　　我看着七美。

　　“耳环这东西可不会轻易从耳朵上掉下来。它是穿在耳垂上的，不摘不会掉。最要紧的是，这耳环上的固定耳托还在，可见不是自己掉的，否则耳托按说会不知去向。难不成两个都捡到了，是你把耳托装上去的？”

"不，不是意外脱落，而是摘下后忘记重新戴上，所以就被我捡到了。”

"……这到底是什么工作？”七美皱起眉头，"有需要摘下耳环才能做的工作吗？当游戏评测员为什么一定要摘下耳环呢？”

"……"

我心中浮出了一个设想。一个令人厌恶、根本不愿去思考的设想。但是，如果真壁七美说的都是真话，那么此设想就是唯一的答案。

我没撒谎，七美没撒谎，梨纱也没撒谎。这么一来，撒谎的人——

就只能是梶谷了。

24

直到这时，我才终于意识到梶谷孝行骗了我。

今天早上，梶谷说梨纱打电话提出辞职。然而，这是不可能的。因为正是这个梶谷，前天在品川中央医院前的咖啡店里亲口对我说：我们不会把电话号码直接告诉给外人，之前给你的也不是办公室的号码，那个电话其实就搁在电话代接公司的桌上。

任何人给伊普西隆打电话，都无法直接对梶谷说"我要辞职"。

梨纱打电话过去的话，听到的应该是电话代接公司的甜美女声。

那么，是梨纱请接电话的女人把辞职的事转告给梶谷了？那也不对，因为梶谷后来又是这么说的：

——很过分对吧？我告诉她，测试还没结束，突然撂挑子不干我们会很难办的，可她说再也不想进 K2……

隔着电话代接公司的女职员，是不可能完成这种对话的。

当然，也可能是梶谷接到消息后急忙回电，直接与梨纱进行了上述交谈。但是，对梨纱来说这根本不可能。因为梨纱没有自己的电话，如果她与伊普西隆联系，用的应该也是哪里的公用电话。

换句话说，梶谷在撒谎。

那么，梨纱去哪儿了呢？

我环顾整个房间。

房间很小，家具也不多，屋里收拾得整整齐齐。窗前挂着质地偏薄的窗帘，壁纸的底色是奶白色的，上面散落着黄色小水珠图案，大概是梨纱自己贴的。

梨纱究竟遇到什么事了？

现在回想起来，这件怪事其实从前天就开始了。梶谷对我说映一出了事故，我俩一起赶到品川的医院，最后虚惊一场。梶谷解释说，这是竞争对手公司为刺探伊普西隆的游戏研发情报而设下的陷阱。

那番说辞是谎言吧？

企业间谍战什么的，听起来就很假。那是梶谷为了带我离开研究所而编的谎话吧？

——为了带我离开研究所！

我被自己的想法吓到了。

为什么要那么做？

梨纱说她前天晚上直到九点才离开研究所。

如果映一的事故通知是梶谷的谎言，那他们为何要让梨纱在研究所留到那么晚？

还有，那天夜里梨纱并没有回到这里，只有她的小肩包回来了——

"你在想什么？"七美问。

我抬起头看着她。

"梨纱人在哪儿，你应该有头绪吧？"

"不……完全没有。怎么了？"

七美放开抱在胸前的膝盖，在地毯上伸直双腿，深深地叹了口气。

"前阵子我问过梨纱打工的事。她没有细讲，只是对我说，在帮一个划时代的游戏做评测。不过，当时她笑得都有点让人恶心了，好像很乐在其中。但问到日薪时，我稍微有点担心，因为这也给得太高了。所以我就说了，除非是极危险，或者陪男人睡觉的活儿，否则不可能拿到那么高的薪水吧。结果她回答说，确实会遇到危险哦。"

"……"

我想起了从 K2 里出来时的梨纱。她结束游戏基本上都是因为被敌人杀了。而她杀人的次数则远远超过被杀的次数。

笹森贵美子曾看着梨纱的游戏记录说：十三次下来，总计多达六十八人。

"她的语气相当愉快，说确实会遇险。我问她详情，她却说不行，因为公司方面要求保密。你刚才也说要对外保密。这是怎么回事？什么叫企业机密？她人都变了，跟打工前不一样了。我说不清具体是哪里，但总觉得气质不同了。"

"什么时候？"

"什么'什么时候'？"

"你俩是在什么时候说这些事的？"

"大约是三天……四天前吧。白天她要打工，没法见面，晚上我们在刚才去过的那个'Humpty Dumpty'见面聊天了。这又怎么了？"

"没什么……"我摇摇头。

"喂。"七美将两肘撑在桌上，"梨纱的失踪跟工作有关？"

"不知道。"

"有这个可能？"

"或许有。"

"怎么个有关法？"

"……"我回望七美，"我也不太清楚，真的。我只是越来越觉得不会没有关系。"

"梨纱说的危险是指什么？"

"是指游戏里的事。在游戏里，玩家会遇到危险的场景。我想她是在说这个。"

"是什么样的游戏？"

"能不能给我一点时间？现在我还无法判断能否向真壁小姐你和盘托出。"

"因为是企业机密？"

我点点头。

"这也是原因之一。不过，梨纱的事与伊普西隆——不，还不能如此断言。如果梨纱的失踪跟工作有关，我就不好再说什么'企业机密'了，我会告诉你实情。只是，该不该这么做，我还需要一点时间判断。"

"……伊普西隆是什么？游戏名？"

"公司名。"

"梨纱说过，她每天都去沟之口上班。"

"嗯，办公室就在沟之口。"

"你说需要一点时间，那我得等多久，你才会告诉我呢？"

我摇了摇头："我也不知道。我会尽快拿出结论的。"

"那我该怎么办？"

"你？"

"待在这里呢，我老觉得过意不去。你说我是不是离开比较好？"

"不，你就住在这里吧。如果梨纱回来了，希望你能通知我。只是……"我又一次环顾整个房间，"这里没电话，我该怎么跟你联系呢？"

"我会频繁打电话给你的。"

"你现在在做什么？"

"玩。"

"……"

"学校也放假了嘛。我每天都在一边找房子一边闲晃。"

我盯视着七美。

"你为什么要离开以前的住处？"

七美耸耸肩。

"这事可不能对一个刚认识又不知底细的男人说。"

"……"

七美回望着我，嘴角浮现出笑意。

"对不起。其实在'Humpty Dumpty'见面的时候，我就觉得你是好人了。可是我啊——"

"不。"我摇摇头，"是我不该多问。"

"抱歉。"

"没什么好道歉的。明天能联系我吗？"

"打电话就行吧？"

"嗯。"

"什么时候比较好？"

"工作一般在傍晚结束，每天不一定，不过我想五点总能下班，所以应该会在六点前到家。如果发生了什么事，你可以在答录机里留个言吗？"

我一边说一边从地毯上站起来。

"留言我可不太拿手。"

我笑着瞅了一眼七美。

七美也抬头看我，回以一笑。

25

第二天上午十点，我来到沟之口的伊普西隆办公室，推门前先深深吸了一口气。

关于如何打探梶谷撒谎的真正原因，我还没想好策略。昨晚和七美分开之后，我一直在思考这件事，却发现还是只能直接询问。我也没指望梶谷会说出真相，但光是观察他的反应，或许就能抓到什么线索。

我推开门，缓步踏入办公室。坐在沙发上的梶谷回头一看，发现是我就站了起来。

"嗨，上杉先生。"

我本想回应，但看到他对面的沙发就立刻闭上了嘴。沙发上坐着一个陌生男子，戴着眼镜，有点胖，年纪很轻，看起来像学生。

"我来介绍一下。"梶谷说。

沙发上的男子闻言站了起来。

"这位是丰浦利也先生，从今天开始担任我们的游戏评测员。"

"……"

我凝视着这个男子。

"这位是我刚刚对你提过的游戏原作者，上杉彰彦先生。"

梶谷接着又介绍了我。丰浦麻利地朝我点头致意。

"你好，请多指教。"

我下意识也点了点头，随即回望梶谷。

"评测员……？"

"嗯。"梶谷笑嘻嘻地点头，"丰浦先生还在上学，问下来我才知道他是一个狂热的游戏迷，家里有两百多张电视游戏机卡。"

"是的。"丰浦羞涩地点点头。

"好了，我们这就出发吧。"

梶谷不偏不倚地对我和丰浦说着，率先起身向车库走去。丰浦跟在他后面，我是最后出办公室的。丰浦没问梶谷出发去哪里，可见已听过关于研究所的介绍。

坐进茶褐色的箱型车后，丰浦看着被涂料遮蔽的车窗，反倒是一副感动莫名的样子。

"非常抱歉，这是为了保障研究所的安全。"梶谷解释道。

丰浦用力摇摇头。

"没啥没啥，我很享受的。我喜欢这种事。"丰浦说着，扭头看我，"上杉先生，到目前为止，你都写过什么样的游戏？"

"到目前为止？"我随行驶中的箱型车摇晃着，反问丰浦。

"说不定我玩过上杉先生创作的游戏呢。"

"不。"我摇摇头，"这次的《脑部症候群》是我第一部作品。"

"《脑部症候群》？好棒啊！"

"哎？"

"这名字取得真好，一听就让人跃跃欲试。是冒险游戏吗？"

"是吧。"

"从名字来看，不是魔法类，而是科幻类对吧？"

我缩了缩脖子："总之请好好享受吧。"

丰浦吃吃地笑着，朝我点头。

"我啊，对难度高的游戏特别感兴趣。不用费脑子思考的射击游戏虽然也好玩，但掌握了操作技巧，后面就没什么了，只剩下挖掘密技还有点意思。到目前为止，还没哪个游戏能让我花费三天以上的时间，基本上一天就通关了。反正熬个夜就能看到'恭喜通关'，简直是小菜一碟。"

丰浦有些咬字不清，说话时嘴角冒着口沫。梶谷笑呵呵地一边点头，一边听他高谈阔论。

去研究所的路上，丰浦几乎没停过嘴，梶谷则不时出声附和。我心情复杂地凝视着梶谷的侧脸，默默地听他俩交谈。

丰浦利也的出现使我受到了冲击，没想到他们这么快就找到了代替梨纱的评测员。

昨天梶谷才告诉我梨纱辞职的事，今天伊普西隆却就已经拉来了一个酷爱打游戏的学生。

由此可见，梨纱对伊普西隆来说，不过是输入电脑的数据之一。当然，这个丰浦也一样。

我已经失去向梶谷摊牌的时机，反而被他先发制人了。

抵达研究所的停车场，乘上隐藏在一隅的电梯后，丰浦发出了狂喜的声音。梶谷把他让进监控室、介绍给贵美子和肯尼斯时，他也死死盯视着玻璃另一边的 K2，显得极为兴奋。

贵美子说明了装置的大致情况，肯尼斯让他戴上护目镜，检查视网膜特性。与亢奋的丰浦正相反，这期间我坐在房间角落的折叠椅上，只觉得心情沉重。

第一次游戏测试结束，丰浦回到监控室时，情绪似乎达到了顶峰。

"太棒了！太棒了！"

他嚷嚷了无数次，看来只有"太棒了"这个词才能表达他的兴奋之情。面对这样的反应，贵美子和肯尼斯都报以满足的微笑。

轮到我了。走出监控室前，我探问肯尼斯："游戏里的漏洞彻底清除了？"

仅此就足以让肯尼斯心领神会了。我指的自然是那个令人费解的现象——游戏突然中断，我向黑暗坠落，同时还听到了"快回去"的声音。

　　肯尼斯轻轻摇头。

　　"我不敢保证已彻底解决，毕竟还不太清楚原因。根据上杉先生的报告，我姑且绕开了那几个地方。但这种做法治标不治本。事实上我应该把整个程序拆散重组，否则是找不到原因的。但这么做需要耗费大量时间。"

　　"我有个建议。"

　　肯尼斯闻言扬起了眉毛："什么建议？"

　　"如果我这次进去，又发生了那个现象，希望你不要立刻中断游戏。"

　　"不要中断？"

　　"我想看看在那种状态下，不中止游戏会有什么变化。或许没有任何改变，但也不排除会发生一些情况，比如移动到其他场景。多观察一会儿没准就能找出问题的原因，你说呢？"

　　"这，可是……"肯尼斯皱了皱眉。

　　我摇头道："不用担心我。"

　　"不是会感觉很不舒服吗？"

　　"也不是完全不能忍受。当然，必要的时候我会呼救的。如果我在里面喊停，你们就中止游戏。"

　　"嗯。"背后响起了贵美子的声音，我和肯尼斯同时回过头。

　　"这方法可能不错。我们完全无法预测问题何时发生，而且就算发生了，数据也不会传回控制台。光靠我们在这边看，根本就掌握不了什么。我赞成上杉先生的建议，问题发生时再稍微观察一下情况。不过……"贵美子将手搭在我的肩上，"无法承受的话，就立刻求救。你出力帮我们查探原因当然好，但我也不想让你吃太多苦。"

"明白了。"

我点点头，瞥了一眼在控制室另一侧凝视 K2 的丰浦，他似乎还在为刚才的游戏兴奋不已。

26

弯弯曲曲的地道里阴暗潮湿，弥漫着令人厌恶的气味。

每次踩到铺着石块的路面，鞋子就会喀喀作响。石头垒成的墙上嵌满了小灯泡。随着前行的步伐，我的影子时而落在后方，时而伸向前方，如此往复循环。

走到地道尽头的 T 字路口时，我停住脚步，取出夹在腰带里的地形图，凑近灯泡细看。地道从陆军医院资料室的更衣柜起头，像迷宫一样七弯八绕，通往总统官邸。如果地形图正确，那么在 T 字路口选择右转，就能从官邸内的某处出去。我这一路走来，地形图还没出过错。

我把图塞回腰带，选择了右边的路。通道稍稍变窄，有了少许上升的感觉。走下小小的五阶石梯，再前进约十米，往上爬十六阶，便来到了尽头。

我伸手去查探堵在面前的石壁，发现右下角的石头按上去有点松动。

"就是这里了——"

　　我缓缓地对石头施力。

　　随着咔嗒咔嗒的钝响，挡在面前的石壁开始下沉。我借着石壁上方出现的缝隙窥探对面，昏暗的光线模模糊糊地映出了陈列着瓶子的木架。

　　葡萄酒的地下储藏室吗……

　　看来是通往地下酒窖的。酒窖里连半个人影也没有。

　　石壁降到底后，我蹑手蹑脚地走进了酒窖。一排木制的架子沿墙而立。冰凉的空气里透出一股子又甜又苦的霉味。酒窖中央有张古旧的木桌，两侧也放着葡萄酒架。

　　我从木架之间穿过，来到酒窖的出口。石造的阶梯向上延伸着。我刚抓住铁扶手，扶手底部就发出了嘎吱的声音。

　　有光从阶梯上方照射下来。石阶的上方是一扇带格子的木门。我握住门上的大把手，一边从格子之间窥探另一方的走廊，一边缓缓开门。

　　深夜的总统官邸安静地沉睡着。

　　这里是官邸内部，梨纱曾硬闯过无数次，但总是被敌人杀死而不能如愿。我这一路走来，才是游戏的正确路线。任你反复攻击多少次，不走这条路就无法进入官邸。

　　不过，听笹森贵美子说，程序已经改过，玩家也可以凭借暴力侵入——

　　我扫视着向左右延伸的走廊，左边是厨房，右边似乎通往餐厅。我朝餐厅走去。大片的地毯在长明灯的青光下呈现出奇妙的色调。不知从何处隐隐传来了狗的低吠声。

　　宽敞的餐厅有三扇门。巨大的长方形餐桌被十三张高背椅围在中间，桌子的正上方垂着一盏枝形大吊灯。墙上挂着戎装军人的肖像画，仿佛是为了威慑围桌的就餐者。画中人大概就是莫基玛夫共和国的现任总统。

我犹疑不定，不知该从哪扇门出去。现在虽然是深夜，但官邸内应该驻扎着卫兵。如果被他们发现，我就必须投入战斗。那样的话，我潜入此地的目的便无法达成。

我此行是为了救出被软禁在官邸某处的约翰·E. 巴德博士。

我决定试着打开最里面的那扇大木门。我缓缓转动门把，注意不发出声响。推开一道缝后，便凑上去窥探外面的情形：是一条走廊，能看到若干房门。

应该找一下楼梯。很难想象巴德博士的房间会在一楼。但从走廊上看不到楼梯。

我小心翼翼关上门，走向中间那扇最大的门。我抓住门把手，缓缓前推，对开门的门板"喀嚓"一声发出了轻响。

是这里了……

门后是一个楼梯井式的大厅，一溜椅子沿墙左右排开，厚厚的地毯上摆着一张张圆桌。正前方的左右各有一座楼梯，盘旋升至二楼后便再度会合形成了一个平台，像露台一般向外突出着。

确认大厅中也空无一人后，我走入这扇门，谨慎地沿墙前行。厚厚的地毯吸收了脚步声。我沿着左侧楼梯一阶一阶地稳步上楼。

到了二楼，我迅速躲到大雕像的背后。一个黑人士兵正在二楼宽阔的走廊上巡逻。

我伏在地毯上窥探士兵的动向。他慢慢地从走廊的这端走到那端，来回往返。只能在他背对着我时采取行动。

我在雕像后凝目观察斜对面。那里有扇开着的门，门后另有一座楼梯。去那里需要横跨这条走廊。

　我尽量蜷缩身体，待士兵靠近。当士兵落在地毯上的影子改变方向时，我立刻从雕像后爬出，眼睛死死盯住向另一侧走去的他，匍匐着横穿过走廊。待士兵抵达走廊的另一端、转身朝向这边时，我正好到了门后的楼梯前，便一鼓作气地跑了上去。

　和二楼一样，三楼也有一道通往深处的走廊，那里也有一个士兵。不过他没在巡逻，只是在走廊最里面的那扇门前摆了把椅子坐着。

　就是那个房间吗——

　士兵的存在，明示了巴德博士所在的位置。

　那么，我该怎么做呢？

　不能指望他打瞌睡。在等待期间或许会有其他士兵来交接班。那样的话，危险程度会增加一倍。

　我环顾四周，发现面前有个盆栽，便躲到它后面，伸手在盆里摸索。手指触到了一块小石头，我悄悄把它捡起，捏在左手中，右手则从口袋里掏出铅球。

　我调整好呼吸，将小石头掷向楼梯的墙壁，发出了"扑通"一声。走廊另一头的士兵从椅子上起身，拿起竖靠在椅边的枪，朝这边走来。

　我竭力缩小身形，等士兵走到楼梯这里来。

　持枪的士兵刚在楼梯间现身，我就从盆栽后冲出，右手握着铅球猛砸他的后脑勺。

　"唔！"

　士兵闷哼一声，随即瘫软在我的脚下。我从他手中夺过枪，奔向走廊深处。

　来到士兵看守的房门前，我握住门把手，缓缓将门打开。

这是一间宽敞的卧室。放下帘子的窗前摆着书桌，床在书桌的左侧。

我反手关上门，直接朝床走去。床上传来轻微的鼾声。我绕过桌子站到床头，俯视打鼾的男人。男人的嘴上蓄着胡子。确认他的样貌与我从日本大使馆获知的一致后，我把夺来的枪往床边一放，悄悄掩住胡髭覆盖下的嘴。

"……"

鼾声停止了，博士睁开双眼。

"别出声，我是来救你的。"

我一边低语一边将手指竖在唇前。博士皱起眉头，躺在床上打量我。

"别大声说话，明白了吗？"

我见他点头，便把手从他嘴上移开。

"你是谁？"博士哑着嗓子问。

"现在没时间解释。我们已救出令爱。"

"帕梅拉已经得救了……？"博士瞪大双眼，从床上坐起身，"她在哪儿？我女儿在哪儿？"

"我的同伴在保护她，她正藏身在某处，等你前去会合。"

"……你的同伴是？"

"地下组织成员。我能这样潜入官邸，也是因为有他们的协助。"

"可是，我们怎么从这里逃走呢？"博士望着门口，"房外还有士兵看守。"

"士兵正在昏睡。没时间了，请你赶快做好逃离准备。"

博士默默点头。他下了床，打开衣橱拿出衣服。

趁他更衣时，我走到窗前，透过窗帘缝窥探下方。庭院里有士兵巡逻的身影。

我把窗帘复归原位，转身面向博士，就在这一瞬间——

周围所有的一切都从我的视野中消失了。一阵恶寒涌上心口，传遍了全身。

又来了……

我绷紧了全身。

——回去。

那个男人的声音直接在我脑中对我说。

——回去。不可再继续。快回去。

这是谁的声音？我忍着恶寒思考起来。这声音似乎在哪里听过。

僵硬的身子颤抖了起来。我正在向无止境的虚空坠去。会坠往何处呢？

——危险。继续下去会非常危险。立刻返回。不可再来。回去！

这是要我离开哪里，回哪里去呢？

硬撑着的膝盖开始打战，胸口的烦恶越发强烈，关节像散了架似的。我再也撑不下去了。

虚脱的一瞬间，我忽然产生了身体上浮的感觉。

"你是……"

我正要发问，脑中的男声却打断了我的话。

——不可出声，你的声音会反馈给监视器。此警告不可对外提起。

警告……？

我毫无意义地转着头，企图检视四周。可什么也看不见。

——别再进来。不可再继续下去。趁现在还可以控制，快逃吧。快回去！

这声音……

在我的记忆中，某个男人的声音与它重叠了起来。

是百濑伸夫——

我甚至清晰地忆起了他的名字。这正是他的声音。我和他只有一面之缘。最初展示 K1 的试作品时，就是百濑伸夫这位技术员向我做的说明。

——回去，不可再继续下去。

男人的声音重复道。

确实是那家伙。他曾经兴致勃勃、近乎自负地向我介绍过试作品。

那家伙为什么要发出警告……？

——上杉先生？

笹森贵美子的声音打断了我的思绪。

——上杉先生，又出问题了？

"啊……是的。"

见鬼！我懊恼地回应着贵美子。

——要不要紧？你的数据产生了异动，游戏进度好像也停滞了。

"跟之前一样。我感觉还行，就是什么也看不见。"

——要不要中断游戏？还是中断比较好吧？"

"……嗯，好吧。"

就在我回答的一瞬间，黑暗的视野中骤然泛起了一抹亮光。

27

一回到监控室，贵美子就对我说："这次坚持了很久呢。"

我摇头说："不行。"

"不行？"

"和之前一样，"我抬眼望着肯尼斯，"就在巴德博士换衣服的时候。"

肯尼斯点点头，转向控制台。我又一次对贵美子摇头。

"我想着这回能有点变化就好了，可还是老样子。周围一片漆黑，什么也看不见，人就像往某处不停下坠似的，感觉很不好。"

我撒谎了。我不想对他们坦陈一切。

"那个声音呢？"

"也跟之前一样，只说快回去。只说了这个。"

"……真是搞不懂啊。"

"我有点累了。"

贵美子微笑着朝我点头。

"辛苦了。趁丰浦先生打第二轮的时候，你就好好休息吧。"

"好的。"说着，我独自走出监控室。

出房间时，我与丰浦的视线对了个正着。

"太棒了，上杉先生！我是平生第一次玩这种游戏啊。"丰浦咽着口水对我说。

我冲他一笑："你不是玩任何游戏都用不了三天吗？"

"啊啊，这次可不好说。看起来不太像电视游戏那样能轻松通关——不过我会努力的。"

我丢下他，径自出了房间。

进那个会谈讨论用的小房间前，我去了趟厕所。厕所位于走廊尽头的左侧，与电梯的方位正相反。

我一边小解，一边回想百濑伸夫方才的警告。

——别再进来。不可再继续下去。趁现在还可以控制，快逃吧。

百濑的声音是这么说的。

这是什么意思呢？

——不可出声，你的声音会反馈给监视器。此警告不可对外提起。

他还特意说了这句话。

不可对外提起的"外"，是指 K2 外吗？我只能这么理解了。

换言之，百濑是在警告游戏玩家尽快逃离 K2……

这是为什么？

进而还有一个疑点。

听到他的声音后我才想起来，为什么他没跟笹森贵美子等人在一起？他应该也是伊普西隆研发的工作人员啊。

直到前一刻为止，我本早就忘了这位名叫百濑的技术员。

我和他会面的地点不在这里，而是一楼的研究室。体验试作手套时，没人告诉我这栋建筑还有地下室。百濑现在仍在一楼的研究室吗？

——趁现在还可以控制，快逃吧。

这是什么意思？要控制什么？

我把洗好的手伸进烘干机，脑中不断反刍着百濑的话。

走出厕所来到走廊时，我的目光停在了眼前的房门上。梶谷总是守在这间屋子里。我是没进过门，但看到梶谷进去过好几次。

我觉得现在是个好机会。

若要向他追问梨纱的事，此刻正是最佳时机。

我走到门前，深吸一口气，正要敲门，又骤然停住了手。

房中传出了梶谷的声音。

"We are waiting for our chief's answer."（我们在等领导的答复。）

好像是英语，听起来不怎么顺畅。同是说外语，肯尼斯的日语可要强多了。

"Were our matters conveyed to him exactly？"（我们的情况究竟有没有传达给他？）

我把耳朵贴近门板，努力分辨梶谷用片假名堆出来的英语。我英语不太好，他说的单词我虽然能听清，但是只能勉强理解其中的意思。

"Did you inform him about Lisa Takaishi exactly？"（你告诉他 Lisa Takaishi 的事了吗？）

Lisa Takaishi，不就是高石梨纱吗。这个词让我不禁咽了口唾沫。

"I wanna talk to him personally. We don't wanna repeat your failure. ...No. It's not my real intention. I think you must remember the trouble that occurred in the hospital five years ago. We don't repeat that failure. Please think over how the hospital came to on end five years ago."（我想单独和他谈谈。我们不希望重蹈你们的覆辙……不，那不是我的本意。我想你一定还记得五年前医院的那次大麻烦。所以我们不会重蹈覆辙。请好好想想五年前那家医院最后的结局。）

话里的内容我不是很明白。

我反复听到他在说"five years ago"与"hospital"。五年前，医院……什么意思？

"I understand. We will wait. But we can't wait so long. Please tell him so."（我明白。我们会再等等。但请转告他，我们等不了太久。）

感觉他挂上了电话，我慌忙从门前离开。现在我有点下不了决心进去了。

我匆匆沿走廊返回，拐弯时恰逢笹森贵美子从小房间出来。

"我去厕所了……"

然而，说完后我反倒不安起来，这话听上去是不是更可疑啊？

"感觉好点了吗？"贵美子问我。

我朝她耸了耸肩。

28

这天傍晚，我和丰浦利也一起坐上看不见外面的箱型车回到了沟之口。坐在车上时，我仍在迷茫。

有几件事应该去质问梶谷，只是我还没有理清自己的思绪。在门外偷听到的那通英语电话，与在游戏中听到的百濑伸夫的警告，让我越发混乱。

　我想再听一次百濑的声音，可是在之后的两轮游戏里，都没能再听到。

　——趁现在还可以控制，快逃吧。

　这句话依然在我耳畔回响着。

　"能问个问题吗？"

　我闻声回望丰浦。梶谷也从前排座位回过头，可能是以为丰浦在跟他说话。

　"假如，我只是说假如哦。"丰浦躲在镜片后的小眼睛里含着别有深意的笑容，"假如在游戏里泡到了女孩子，是不是还能做爱啊？"

　"……做爱？"

　丰浦嘻嘻一笑。

　"谁知道呢。我不清楚程序能不能做到这个地步。想知道的话，不如试一下？"

　"可以试吗？"

　我的视线从丰浦移向了梶谷。梶谷苦笑起来。

　"这个嘛，在游戏里采取什么行动是玩家的自由。你的勾搭方式够高明的话，应该能带女孩子上床吧。"

　"真的？"

　梶谷点头。

　"我也不太了解程序和装置的详情，不过人类会采取的所有行为应该都覆盖到了。当然，在天上飞啊，徒手碎石啊，这种像超人一样的举动大概不包括在内。"

　"那我就试试看吧。"丰浦回过头，"上杉先生不想试试？"

　"在游戏里做爱？"

"嗯。"

我摇了摇头。

就算有人叫我去试，我也不愿意。我一点也不想在受电脑监控的游戏里做这种事。

"我觉得很棒啊！能成的话，以后就不需要卖春浴场之类的地方了，对不对？现在的是冒险游戏，但绝对也能做成色情游戏。虽然是游戏，感觉却跟现实完全一样，色情电视游戏什么的在它面前都会变得一钱不值！"

"丰浦君真是有创意。"梶谷笑着说。

"难道你们不这么想吗？应该用那个装置做色情冒险游戏啊。可以做成男用和女用两个版本，男玩家当卡萨诺瓦❶，女玩家扮演艾曼纽夫人❷，想干就可着劲地干。绝对会大受欢迎。你们没有那样的企划吗？"

"很遗憾，目前还没有。"

"为什么呀？我觉得肯定会畅销啊。"

梶谷笑着回身坐好。我盯视着他的后脑勺。"five years ago""hospital"——我在脑中默念他打电话时反复提到的这两个词。

说起"医院"，能联想到的首先便是品川中央医院，虽然它跟"五年前"扯不上关系。三天前，梶谷带我去了那家医院。在我坐上那辆看不见外面的箱型车、被带离研究所的数小时里，伊普西隆与梨纱之间一定是发生了什么。

那是一切的开端。伊普西隆不想让我参与那开端。

---

❶ 18 世纪意大利传奇冒险家、作家，欧洲闻名的风流大情圣。
❷ 法国作家艾曼纽·阿尔桑笔下情色小说中的人物。

据真壁七美说，从那天开始，梨纱就再也没回过公寓。不，小肩包在她屋里，证明她第二天回过一次家。但她无视七美留下的字条，直接离开了房间。

究竟发生了什么——

到底是怎么回事？

令人无法理解的是，不止梶谷，连梨纱似乎也对我有所隐瞒。

我下意识地瞄了一眼被涂料覆盖的车窗。前天梨纱用百元硬币刮开的部分，已经被新油漆填上了。

今天车子的行驶时间感觉要比平时漫长。兴高采烈的丰浦不停地找我和梶谷说话，更加重了我的烦躁感。

抵达沟之口的办公室时，已经过了五点。我郁郁不快地向梶谷道别，与丰浦一起走向车站。

"上杉先生，你往哪边？"丰浦问。

我回望着他："什么哪边？"

"你家就在附近吗？"

"啊，我住樱新町。"

"挺近的嘛。那就跟我不同路了，我住保土谷。"

"保土谷？"

"嗯，我得坐南武线，然后在川崎换车。我想找便宜公寓，结果找到了乡下。不过我学校在横滨，所以上学还算方便。"

我突然想到一事。

"丰浦君，伊普西隆招游戏评测员的时候，你也去面试了吧？"

"嗯。我觉得那个面试好有趣。能被录用真是太幸运了。"

"录用通知是什么时候来的？"

"很久以前就来了。不过，他们好像说我只是初步录用。"

"初步录用？"

"嗯，也就是当后备吧。"

"啊，原来如此……"

伊普西隆从一开始就做好了准备，他们预招替补评测员，以便随时应对梨纱的辞职。想必丰浦利也身后也有好几个替补。

"正式录用的通知是什么时候来的？"

"唔——前天吧？"

"前天？"我抬眼打量丰浦，"不是昨天吗？"

"不，是前天。怎么啦？"

"前天的什么时候？"

"是上午。当时我是被电话吵醒的。怎么了？"

"不……没什么。"我摇头搪塞了过去。

前天——

那是在梨纱辞职前。昨天早上，梶谷说接到了梨纱的辞职电话。这当然是谎话。可是，伊普西隆在前一天就给丰浦打了录用电话……

不是梨纱自己想辞职，而是伊普西隆开除了她。

然而，如果只是单纯的开除，梨纱没有必要离开公寓隐藏自己的行踪。

——趁现在还可以控制，快逃吧。

我猛然抬起头。

梨纱是要逃离伊普西隆……？

我想起了梨纱前天说过的话。

——我好害怕。最初是怕进"克莱因壶"，可现在总觉得伊普西隆公司本身很可怕。

她是要逃避伊普西隆的什么？

伊普西隆为什么要开除梨纱？

到底发生了什么事？

"那么我就告辞啦。"

丰浦突如其来的声音让我回过了神。

我发现自己正站在南武线的检票口前。东急线和南武线交会于沟之口，但车站的检票口不在一处。

"啊，今天辛苦啦。"丰浦朝我一扬手，向售票机走去。

"……"

我注视着他的背影，随后转身走向东急线的检票口。

在售票机前排队买票时，有人忽然从后面拍我的背。

"上杉先生。"

我回头一瞧，不由吃了一惊。

是真壁七美！她抬头看着我，粗眉微微上扬。

29

"我是跟着你过来的。"

七美跟在我后面，将硬币投入售票机。

"跟着我？从哪里开始跟的？"

"从伊普西隆研发公司门前。"

"……"

我不禁回头看了一眼自己刚走过的道。

"走吧，站在这里会妨碍别人。"

七美一边说一边疾步向检票口走去，我慌忙跟上。

"你怎么会知道伊普西隆公司？"

"啊呀，"七美一边上楼梯一边看我，"不是你昨天告诉我的吗？"

"我告诉你的？"

"是啊，你说伊普西隆是公司名，在沟之口有办公室。"

"但我没说地址。"

"我自己找的。我把沟之口跑了个遍。"

"……"

"因为没想到会是那样的破建筑，我费了老大的劲才找到。这都哪跟哪啊！你俩竟然在环境那么糟糕的地方打工。"

"……你挺让我吃惊的。"

七美走上站台，缩了缩脖子。

"抱歉，我本想打电话的，但太着急了实在等不下去。梨纱也不回家，我担心得不行。"

我默默地凝视七美。

她看了看手中的车票，抬头对我说："接下来怎么办？我买这张车票自然是为了去你家。我不知道地方，就买了和你同金额的车票。"

"不，回家前我要去一个地方。"

"什么地方？我碍事吗？"

我摇头道："可以的话，我倒是想请你帮个忙。"

"帮什么忙？"

"我想去图书馆查点东西。"

"查什么？"

电车进站了。

我和七美并排坐下后，七美再次问道："查什么？"

"我想看看五年前的报纸。"

"五年前？要找什么报道？"

我轻轻摇头。

"不清楚。我只是想找和医院有关的报道。"

"……跟梨纱有关？"

"这我也不知道，也许有吧。"

七美眯起眼打量着我的脸。

"我不太明白你的话，不过听起来蛮有趣的。能不能再说得好懂一点，让我也明白你的打算？"

"非常复杂。"

"复杂也没关系啊。你只说要查五年前跟医院有关的报道，这叫我怎么帮你？"

"我不知道该从何说起。"

"从开始的地方开始，在结束的地方结束。这样就行。"

"……"

我扭头看着七美。她嘻嘻一笑。

"这是《爱丽丝梦游仙境》里的台词啦。是扑克牌国王说的。应该是在爱丽丝受审判的时候吧。"

"哦……"

我想起了昨天和七美见面的那家店——"Humpty Dumpty ❶"。

---

❶ 即"蛋人"，《爱丽丝梦游仙境》中的角色之一。

"就从伊普西隆公司说起吧。"

"呃，这个么——"我左右张望，"在电车里不太方便。"

"因为要对外保密？"

"不光是这个原因……"

七美"呼"地叹了口气。

"嗯，好吧。也就是说你以后会告诉我？"

"我保证。"

"不过，你说的五年前的医院报道是什么意思？难道说，你要把相关的报道都看一遍？"

"嗯。我也不知道该怎么查好。"

"除了医院，就没别的线索了？"

我点点头。

七美挺直了背脊，说道："我知道一个比图书馆更好的地方。"

"……更好的地方？"

"现在这个时间还赶得上。从这里走的话——"七美抬头研究贴在电车门上方的路线图，"在哪站下来更方便换车呢？"

"……"

我注视着七美。

大约四十分钟后，我被她带到了大手町的一幢大厦前。抬头一看，我不禁瞪大了眼睛。

"这不是报社吗——"

"是啊。"七美扭头看我，"要查新闻，还有比报社更好的地方吗？"

"唔，可是……"

七美丢下只顾仰望大厦的我，快步走进正前方大厅的自动门，我也慌忙跟了过去。

她径直走过服务台，向大厅深处走去。我只能畏畏缩缩地亦步亦趋。

她在一扇大玻璃门前停下了脚步，只见门上印着金字——"新闻信息服务中心"。

"就是这里。"她说着，一把推开了门。

正面就是柜台，里侧有一个身穿灰色制服的女人，她朝七美和我抬起头来。

"我想查报道。"七美说。

"好。"柜台里的女人点头应道，"您带会员卡了吗？"

"不，我不是会员。以前我和一个会员来过这里。"

"非会员的话，要支付资料库的使用费。"

"请问怎么收费？"

"常规使用费是一次五百日元，再加终端机使用费三百日元，总计八百日元。另外，提取资料每篇需支付三十日元。"

七美回头看着我。我想她大概是在问我"有没有带钱"，便点点头，取出皮夹，把一张一千日元的纸钞放在柜台上。

"两位知道怎么操作终端机吗？"

女人一边问一边拿出"资料库使用申请表"和圆珠笔，搁在柜台上。

七美点点头："知道。我上次来这里的时候操作过。"

七美说着，把申请表和笔推给我。我在上面填好姓名与住址后，柜台里的女人把一千日元递还给我。

"费用可以在结束后再算。"

说着，她朝柜台的另一侧扬起手，示意"这边请"。我俩跟着她往里走，来到了一个走廊似的狭长房间。整整一面墙被隔板分割出数个小空间，里头摆着一台台电脑；后方有长桌一张和几把椅子。有四台电脑前坐着人，他们盯着显示器，一边敲打着键盘。长桌那边则空无一人。

"请使用这台电脑。"

为我俩带路的女人在空闲的电脑前并排摆放了两把椅子，按下机器的电源开关，又从口袋里掏出一张卡，插入电脑前面的插口。

"查阅完毕后，请拿着这张卡到柜台来。"

"谢谢。"七美应了一声，在电脑前坐下。

"真叫人吃惊。"

我看看七美又看看电脑，在她身旁坐下。

"以前有人带我来过这里，之后我就没再来过。不过在这里查报道会比较方便吧。"

"唔，可能吧……你知道怎么操作吗？"

"不难啊，比打游戏简单。"

七美说着，按下了回车键。显示器上的画面一变，出现了菜单，她在一堆菜单里选择了"条件指定"。画面再度变化后，她又选中了"年月日搜索"。

"是五年前？"

"对。"

"五年前的一整年，可以吗？"

"嗯。"

七美一敲键盘，显示器上出现了搜索结果。

符合件数：70,445 件

七美接着再选"分类关键词搜索"，于是显示器上出现了一张表格，酷似图书馆里常见的十进分类表。

"是跟医院有关的报道？"

"嗯。"

我只是看着七美操作电脑。

她从表中找出"医院"项，选中了它。

符合件数：205 件

"五年前的报纸里，竟然有两百零五则和医院有关的报道。"

"果然好多。"

"都要看吗？读取一则要花三十日元，全看的话会超过六千日元，而且还很费时间。"

"……"

七美扭身面对我。

"五年前的医院里会有什么事能跟梨纱扯上关系？当时梨纱和我都还只是初中生呢。"

"我问你，有没有办法只挑出关于案件的报道？"

"案件？你是指社会性的案件？"

"嗯。"

"……"

七美的视线一瞬间在我脸上停住，随后她耸了耸肩，又转身面对电脑，从选项中找出了"案件"。

符合件数：13 件

"只有十三件……"

也就是说，五年前有十三篇报道写了与医院有关的案件。

"能看到内容吗？"我问。

"我猜里头也有没用的报道，咱们先瞧瞧标题再说。而且只看标题又不要钱的。"

"嗯，那就这么办吧。"

七美选中报道，调用菜单功能，将标题显示在屏幕上。

◎新生儿死亡，诊所所长被移交检察院

◎市川医院逃税 2 亿日元

　　遭千叶地方检察厅起诉

◎成增厚生医院火灾系人为纵火？

◎挡财路"德洲会"遭威胁

　　东京组员被捕

◎车牌号来自沼津

　　手术治疗中的竹中组员，疑与静冈黑帮关系深厚

◎泉水在此整容

　　马尼拉最大规模医院，众名人亦光顾

◎绿十字，廉价抛售未经批准药品

　　被医院用来索取不正当报酬

◎原邮政省秘书，因恐吓罪被移交检察院

◎以整骨院为舞台骗取保险金

　　谎称"因事故接受治疗"

◎医院院长家宅起火，父亲丧命

◎建筑修缮收贿，厚生省亦参与其中

　九州地方医务局向业者收取私宅改建费

◎杀妻后大闹医院

　院长夫妇被砍成重伤

　作案员工在横滨被捕

◎厚生省建筑修缮贪污案，获释课长再遭逮捕

　疑参与另一桩 200 万金额收贿案

"……"

我反复浏览标题，期待其中有跟伊普西隆研发公司沾边的报道。然而至少在这十三条标题里，没有一字一句能给我带来提示。

"有没有想看的报道？"

"唔……我也不知道。"

"不知道？不知道什么？"

"会不会不是案件？"

"要试试别的搜索方式吗？"

"呃——有些什么方式？"

"有专有名词的话，就能一下子锁定报道。"

"专有名词……那就伊普西隆研发吧。"

"OK。"

七美敲打着键盘。

符合件数：0 件

"没有。五年前没有关于伊普西隆研发的报道。"

"那——找品川中央医院。"

"品川中央医院？那是啥？"

"你别管，搜了再说。"

"……好吧。"

七美耸了耸肩，继续敲击键盘。

符合件数：0 件

"没有。"

"……"

我摇了摇头。

看来我的想法太天真了。

"上杉先生。"七美转动椅子，再次面向我，"你现在可以把详情告诉我了吧？"

"嗯。"我点点头。

就在这时，我突然想到了一个词，不由抬起头来。

"说之前，能不能帮我再搜索一次？就一次。"

"搜什么？"

"帮我搜搜，五年前的医院相关报道中，有没有涉及失踪事件的？"

"……失踪？"

七美注视着我，似乎明白了我的用意。她轻轻点头，再度转向键盘。

符合件数：1件

"我要看内容！"我咽着口水说。

七美默默地敲打键盘。显示器上出现了报道的全文。

精神科开放治疗室走失患者
家属向医院索要过失赔偿

一年前，都内的大学附属医院精神科开放治疗室突然走失一名女性患者。患者双亲认为，医院的看护体制和事后处理机制存在疏失，导致女儿失踪，并于近日向东京地方法院起诉，要求经营医院的大学赔偿损失。开放治疗室将精神病患者当普通患者对待，弥补了封闭治疗室剥夺患者人身自由的缺陷，是一种备受瞩目的治疗手段。在开放治疗室方面院方应承担多少管理责任，将成为这次诉讼的焦点。

起诉者为埼玉县朝霞市公务员Ａ先生（五十七岁）及家属三人。失踪者系Ａ家次女（二十四岁），当时正在新田医大附属第一医院（新宿区，院长宫边尚）住院治疗。据诉讼状称，失踪发生在去年一月二十二日晚九点熄灯后，至凌晨一点当班护士巡房前的四小时之间。

"要打印出来吗？"七美问。

我点点头。七美敲了个键，摆在显示器上面的打印机吐出了报道。我拿起打印纸，又重读了一遍。

"……"

七美看着我的手，仰起脸问："这个跟梨纱有关系？"

"呃……严格地说，这篇报道里的失踪事件并非发生在五年前，而是更早之前的那一年……我觉得没关系。"

"那接下来该怎么办？我现在简直是在一头雾水地帮你找报道。"

"明白了。咱们换个地方吧。"说着，我从椅子上站了起来。

30

"这简直不像真的。"

七美坐在咖啡店靠窗的桌子前，一边用吸管吸光杯里残留的冰可可一边说。

我对七美说明了一切。伊普西隆研发公司开发了一种名叫 K2 的装置；通过这种装置，我创作的《脑部症候群》将被制作成一款前所未有的拟真游戏；梨纱受雇当游戏评测员，每天进 K2 三次；梶谷孝行对我说的种种谎言，以及今天我在门外偷听到的英语电话——我本想尽量讲得简略些，然而说完时窗外已是一片漆黑。

七美一直看着我，不住地摇头。

"梨纱不是自己提出辞职的，我想这一点可以肯定。因为在她辞职的前一天，伊普西隆就安排了替代的评测员。但就算梨纱是被伊普西隆开除的，我也想不通她为什么要失踪。"

"小肩包的事我也搞不懂，但梨纱真的没回过家。"

我点点头。

我俩沉默了片刻。我想再要一杯冰咖啡时，七美一脸迷惘地抬起头。

"K2——是什么的简称？这么说还有个K1？"

"那装置的名字叫KLEIN-2，简称K2。K1是在美国开发的，据说没运到日本来。"

"KLEIN-2……"

"我想游戏上市时会取一个正式的名字，不过现在技术员都管它叫壶——克莱因壶。虽然它看起来不怎么像壶，倒更像储存罐之类的东西。"

"'克莱因壶'？是拓扑学的那个？"

"拓扑……？"我困惑地打量着七美。

"啊呀，你没听说过？"

"那是什么？"

"Topology，就是位相几何学。我看过那方面的书，算是数学的一个分支啦，几何学里有它哦。"

"哦哦……你对那方面很有研究吗？"

"谈不上有研究啦，只是出于兴趣读过那方面的书。理论什么的太难了，我搞不懂。不过拓扑学真的很有意思。对了，你应该知道莫比乌斯环吧？"

"……是那个半当中突然扭转的环？"

"嗯，克莱因壶就是莫比乌斯环的四维化。"

"莫比乌斯环的四维化……"我皱起眉头，"那是什么意思？"

"由于莫比乌斯环在半当中扭转了一次，所以，要是拿铅笔之类的东西在上面描线，就会不知不觉从表面画到里面，对吧？"

"嗯嗯……因为表里相通嘛。"

"没错。换言之,莫比乌斯环没有表里之分。以为是表面的地方同时也是里面,以为是里面的地方其实是表面。而克莱因壶则是其立体化后的产物。比如,我们就说那个充气圈吧。"

"充气圈?"

"就是旱鸭子进游泳池时用的那个。"

"啊,救生圈呀。"

"救生圈当然是分表里的对吧。也就是充气膨胀起来的塑料层的外侧和内侧。"

"嗯。"

"无内外之分的救生圈,就是克莱因壶啦。"

"……"

见我皱起了脸,七美笑着摇头:"该怎么说明好呢。"

"从开始的地方开始,在结束的地方结束。这样就行。"

七美笑出了声。

"凭空想象有点难。你看,将纸带中途扭转,再粘起首尾,不就成了莫比乌斯环吗?"

"嗯。"

"至于克莱因壶,就不是纸带了,你可以想象这里有一根管子。"

"管子——铁管之类的?"

"嗯,是细长的管子。两端连接起来,不就成了甜甜圈吗?"

"唔。"

"这个只是单纯的甜甜圈。要做出克莱因壶,就得把管子往四次元的方向翻转,然后再连接起来。"

"往四次元的方向翻转——怎么翻？"

"别追根究底嘛，我也不是很懂。"七美笑着说，"不过，你就发挥一下想象力啦。莫比乌斯环没有表里之分，克莱因壶也一样，没有内外之分。假设世上有一个巨大的莫比乌斯环，有人在上面走。那个人总以为自己是在表面走，却不知不觉就走在了里面，因为表里相通嘛。克莱因壶也是内侧和外侧翻转后粘起两端的，所以——"

"在内壁行走的人，会不知不觉地来到外壁……？"

"就是这么回事。"

七美"呼"地吐一口气，晃了晃脑袋。她露出促狭的笑容，窥探我的脸。

"有趣吧？"

"脑子都快翻过来啦。"我苦笑着环顾店内，"我想再要杯冰咖啡。"

七美点点头："我也要。"

我向站在邻桌前的服务员要了两杯冰咖啡。

克莱因壶没有内外之分，是位相几何学中的超立体……

我想起了伊普西隆地下研究所的绿色K2。听了七美刚才的说明，我觉得伊普西隆管它叫"克莱因壶"真是再贴切不过了。

K2里的一切与现实无异。走在装置造出的路上，脸颊会感受到装置造出的风。无论是夜晚的黑暗，还是朝日的光辉，都被制作得活灵活现。只要有意愿，还可以做爱。K2把游戏的舞台模拟成了玩家眼中的真实世界。

那里不存在装置的内与外之分。

新点的冰咖啡来了。玻璃杯放到我俩面前时，七美歪着脑袋说:

"总觉得很奇怪……"

"什么奇怪？"

"刚才上杉先生说，游戏测试限定一次不超过二十分钟。"

"嗯。"

"这真的是游戏吗？"

"……什么意思？"

"你想呀，"七美把吸管在玻璃杯中搅来搅去，"游戏一般都会公开的吧？就像游乐园里常见的那种云霄飞车什么的。"

"对啊，伊普西隆的想法就是先往大型游乐园里推广。"

"你不觉得奇怪吗？"

"……哪里奇怪？"

"上杉先生该不会没去过游乐园吧？"

我回望着七美。

"去过，当然去过了。"

"你见过要玩二十分钟之久的游乐设施吗？"

"……"

"我从没计过时，所以不知道具体要多久，但云霄飞车什么的，坐上去两三分钟就结束了对吧？排队时间可比乘坐时间长多了。"

我眨了眨眼。

"摩天轮之类的也许时间久一点，但顶多也就五分钟？"

"……确实。"

"对吧。而且 K2 一次不是只能进一个人吗？而云霄飞车可以载二三十个人，一次也就两三分钟。像这种一个人就要占据二十分钟的装置，真能放在游乐园里挣钱吗？一小时只能供三个人玩，不会亏本吗？"

"……"

我完全没想到这一节。

这大概是因为我老把它看成电视游戏机的同类吧。要说电视游戏机跟游戏厅里的装置有何不同，也就是前者可以在自己家玩。既然是属于自己的机器，不管玩多久都没关系。事实上，高难度的电视游戏还很复杂庞大，熬几个通宵也未必能通关。

丰浦利也说过，没有哪个游戏需要他花三天以上，为此他还十分得意。换言之，他废寝忘食连续打游戏的时间就有这么长。

正如七美所言。如果把 K2 放进游乐园，除非收费惊人，否则肯定连本钱都收不回来。

"假设游乐园一天的营业时间是十小时，一位顾客使用 K2二十分钟，那一天下来只能接待三十位顾客。游戏的收费也不好太贵吧？如果跟看电影差不多，顶多也就是两千日元左右。这样的话，一天的营业额才六万日元。你觉得这生意做得起来吗？"

"……"

那 K2 到底是什么呢？

伊普西隆研发公司花两百万日元买下了我的《脑部症候群》，约定给评测员梨纱两万日元的日薪，跟我也签订了每天两万五千日元津贴的合同。当然，这点钱与 K2 自身的研发费相比，简直是天壤之别。他们的开销肯定过亿了。

花费如此之巨，就为了制造一天只能赚六万日元的机器？

K2 到底是什么？

——趁现在还可以控制，快逃吧。

我又想起了百濑伸夫的声音。

"这装置已经在美国公开了吗？"

"什么？"我回望七美。

"'克莱因壶'啊。你不是说过，它是在美国开发的吗？已经有哪家游乐园在用了吗？"

"不……应该还没公开——"

啊！我忽然挺直腰杆。

"怎么了？"

"我忘了一个重要的关键词。"

"关键词？"

"我是在说新闻报道的事。五年前的医院其实是在美国！梶谷打电话用的也是英语。不是日本发生的事，是美国的医院！"

"没错！"

七美与我几乎同时站了起来。

我俩急匆匆地赶回报社，不料……

我与七美在"新闻信息服务中心"前面面相觑。玻璃门的内侧挂着一块塑料牌。

"营业时间：早上十点至晚上七点。"七美读出了塑料牌上的文字。

眼下刚过七点。

"只能等明天了吗……"我叹了口气。

出了报社大门，走到人行道后，我朝七美摇了摇头。

"没办法了，我醒悟得太迟了。你要回梨纱的公寓是吧？我送你。"

"嗯。"七美点点头，却没有迈步，她站在原地不动，似乎在思考什么。

"怎么了？"

"……事不宜迟啊。"

我望着七美。

"你说什么？"

"其实还有一个调查方法。"

"什么？"

"能查出五年前的那家美国医院。"

"怎么查？"

"这附近有我一个熟人，那个信息中心就是他带我去的。他在电视台工作，负责国际新闻。"

"……"

七美的语气听起来很沉重。

"要不要去试试？"

"这敢情好……不过，你怎么了？"

"没什么。"七美摇摇头，转身迈开了脚步。

"……"

我望着七美的背影，跟了上去。

31

从报社去那家电视台只需步行五分钟左右。那是一栋八层楼的建筑，房顶竖着高高的铁塔和巨大的抛物面天线。

七美和我坐电梯上三楼，沿电梯前的走廊往右走，来到一扇贴着"国际新闻部"牌子的门前。门开着，七美没打招呼就进去了。

门内的气氛活像五分钟后就要考试的教师休息室。卷着袖子的男人们在密密麻麻的办公桌间来回奔走，至少有四个电话同时在响。前方的桌子后面，一个戴眼镜的男人用下巴和肩膀夹着话筒，他的语速快得像在练绕口令，手同时还在桌上摊开的笔记本上奋笔疾书。

"他在。"

七美环视屋内后，冒出了这句话。窗边有个男人正背对着这边操作复印机，七美缓步向他走去，我则跟在她后面。

我俩走到离他几步远的位置时，他回过身来。

"七美……"

男人怀抱一沓复印纸，注视着七美，表情变得非常复杂。惊愕、困惑、喜悦、焦躁——种种情绪在他长着淡淡胡楂的脸上依次浮现。此人多半已年过二十五，抑或三十出头，拥有一副足球运动员式的健硕体格，唯有宽肩膀上的那张脸显得特别孩子气。

"很忙？"七美问男人。

男人低头看看手里的复印纸，摇摇头，像是在说不忙。接着，他朝站在七美身后的我投来了讶异的目光。

"我介绍一下。"七美转向我，"这位是姬田先生，姬田恒太，自称是国际新闻部的搬运工。"随后她又回头对男人说："这位是上杉先生，崭露头角的游戏作家。"

"游戏作家……？"

这位姬田刚才的一脸讶异如今变得越发难看。我默默地点头致意。

他回过脸，再次面对七美："你之前去哪儿了？"

七美耸耸肩，只是摇头。

"我到处找你。你到底想干吗？"

姬田抓住七美的胳膊，示意"你给我过来一下"，把她拉到了离我比较远的地方。他似乎在质问七美，视线时不时地投向我这边。

多少能想象出两人的关系。我问七美为什么要待在梨纱的公寓时，七美是这么回答的。

——以前住的地方不能再待了。

不能待下去的理由，恐怕就是这个姬田恒太吧。我多少也能理解七美决定带我来电视台时，为何会显得那么踌躇了。

我将视线从低声交谈的两人身上移开，转向复印机对面的窗户。对面也是一栋大楼，从窗内透出的刺眼亮光中，亦充斥着男男女女来回奔走的身影。

这里的街区不分昼夜。我忽然想到了"克莱因壶"——那个没有内外之分的空间。

"他愿意帮我们查。"七美走到我身旁说。

我回头一看，只见姬田把手里的那沓资料放到里边的办公桌上，径直走出了办公室。

"我们去一楼吧，我说好了会在前堂大厅等他。"

七美说着，又一次迈开腿走在我前面。一起乘上下行的电梯时，我忍不住问七美：

"没添麻烦吧？"

"添麻烦？没那回事，反正他闲得很。我只是拜托他查五年前的美国新闻而已。"

"不，我是指我是不是不该跟你一起来？"

七美回望着我，摇头苦笑。

"我跟他同居过。"

"嗯，我猜也是。"

"刚才我跟他说，我现在和你住一起。"

"哎……？"我吃惊地盯视着七美，"和我？"

"对不起，我擅自利用了你。我跟他已经完了，但他不能接受这一点。我觉得与其设法让他理解，还不如做出'彻底玩完'的样子给他看来得快。上杉先生，其实是我给你添了麻烦，真不好意思。"

"不，这倒是无所谓……"

我的目光离开七美，脑中浮现出姬田的健硕体格。要是被这家伙打了，没准会断几根骨头。

底楼的前堂大厅一角，摆着三组沙发桌椅。我和七美在最里面的沙发上并排坐下。

总觉得气氛怪怪的。

"你生气了？"七美问。

我摇摇头。

"没，我只是有点吃惊。"

"别担心，他不是那种会冲进你家动粗的人。"

"就算没打人，找上门来却发现你其实不在，事情会变得更麻烦啊。"

"他不会去你家的，我保证。"

"……"

我和七美沉默地等着姬田出现。本以为查找报道得花更长的时间，可他不到十分钟就坐电梯下来了，手里拿着一张很长的纸。

他在对面的沙发上坐下，目不转睛地盯着我。

"谢谢。"

七美向姬田伸出手。姬田依然瞪视着我，将手里的纸放到桌上。

纸上是一长列英文。

"这……不是英文吗？"

"那还用说，传过来的美国新闻当然是英文的。只有我们这边的报道要提到时，才会译成日语。"

姬田说话没个好声气，令我如坐针毡。

"这些都是新闻标题？"

"对，里面有你想看的，就做个标记。我会把详细内容打印出来。当然那也是英文的。"

"……"

七美拿起这张清单，扭头看我。我避开姬田的视线，说了句"借阅一下"，从她手里接过清单。

"这是五年前的新闻？"

"没错。"姬田说，"我们部门采集的五年前的新闻里，和医院有关的都在这里了。"

感觉足有一百多则。我在沙发上坐正，开始浏览这份清单。

我一行一行慢慢地看着，接连遇到不认识的单词。当初应该好好学一下英语的……我一边后悔，一边用手指扫过那些密码般的文字。

我的手指在清单中段停下了。

"……这个。"

我指住一个词给七美看，那个词正是：

KLEIN

"克莱因！就是这个，没错了！"

七美兴奋地叫了起来。

"KLEIN MEMORIAL HOSPITAL……是医院的名字。"

"要不要让他调出报道的全文？"

"不，等一下。后面可能还有。"

我在胸前的口袋里摸索着，与此同时，姬田从对面递来一支红铅笔。

"啊，谢谢。"

我接过铅笔，在清单的这一行上标注记号，然后继续往下看。

又有两处出现了"KLEIN"一词。

我将清单连同红铅笔交还给姬田，他一言不发地收下后，从沙发上站起身。

"抱歉，百忙之中还来打扰。"

姬田瞥了我一眼，向电梯走去。电梯门关上后，我终于舒了一口气。

"克莱因纪念医院……是这么翻译的吧？"七美问道。

我点点头。

"上杉先生，你英语很好？"

"不行，完全不行。"

"我也是。看来难关在后面。"

"……"

管它呢，只要报道打印出来，我觉得抱着字典拼命查总归能行的。

大约二十分钟后，姬田下来了。他往沙发上一坐，把打印出来的三张纸放在桌上，纸上排满了英文。报道篇幅倒不算长，其中的一张只有四行字。只是在我看来，四行和一百页并无多大差别。

"拜托你一件事。"七美拿起这几张纸，对姬田说，"能不能帮我们把报道翻译一下？"

"翻译？"姬田来回打量我和七美，"让这位上杉先生来不就行了？他是作家吧？"

"不不，"我抬起头，"我英语完全不行，而且也不是作家。我只写过一本游戏原作。"

姬田闷哼一声。

七美从沙发上探出身子。

"不用翻得很仔细，扼要地说一下就行。大致情况了解后，接下来我们会自己弄的。简单地讲一下行吗？"

"我想问一下，"姬田的视线离开七美，转到我这边，"你们要这些新闻干什么？"

我回望姬田："干……什么？"

"打印时我大概看了一下，觉得内容非常有趣。你是想用来当写作的素材吗？"

"……我也不知道能不能派上用场。"我敷衍道。

"我看了一下，不由得来了兴趣。这个案子似乎别有隐情啊。但是我不明白，你们是怎么知道这案子的？日本应该没有报道过啊。"

我看看七美，她朝我歪了歪脑袋。

我把心一横，坦白道："唔，我跟一家开发游戏的公司签了约，现在在那里工作。公司总部在美国。我和他们只是签约关系，所以对公司内部的情况一无所知。不过，我渐渐觉得这家公司有古怪。"

"有古怪的公司？叫什么名字？"

"伊普西隆研发公司。我稍做调查，发现美国有家医院在五年前发生了一些事。我怀疑那些事跟公司有关，所以就想查一下……"

"唔。"

姬田朝七美手上的三份报道瞥了一眼，伸出手，仿佛在说"给我"。七美递过去后，他低头看着报道说："第一篇是医院火灾的报道。"

"火灾……？"

"嗯，克莱因纪念医院是在得克萨斯州。医院部分区域起火，四名住院患者死亡。"

"四名？"

"对。不过有趣的是，死掉的四名患者都是服刑人员。"

"服刑人员？"

"就是囚犯啊。在州立监狱患病或受伤的囚犯需要住院治疗时，就由那家医院收容。当然，因为是囚犯，所以他们会跟一般患者分开治疗，接受严密的看管。那里虽然是医院，却也是监狱的一部分。"

"……"

"报道说，起火的是囚犯的住院楼，当时在楼里住院治疗的囚犯有二十一人，其中四人逃避不及，被火烧死。"

我与七美对视了一眼。

"火灾的原因是？"

"说是原因不明。报道里只写了'已展开调查'。"

"那接下来的两篇是调查的后续报道啰？"

"不。"姬田摇摇头，"后面那两篇报道都与医院火灾无关，这才是有趣的地方。"

"有趣？"

"首先，其中一篇是克莱因纪念医院的护士出事故死亡的报道。"

"护士出事故？"

"对。火灾发生两个月后，距得克萨斯州谢尔曼县四十公里远的国道上，一辆车突然冲进了加油站。加油站地处偏僻，放眼望去，周围什么也没有。经营者是一对老夫妇。车子冲进去时，夫妇俩都在家。加油站爆炸后，夫妇俩拼命奔逃，奔逃时丈夫受了点轻伤。问题在于那辆车，驾车的是两周前失踪的克莱因纪念医院的一名护士。"

"失踪？"

"据说护士家属是报了案的。但是最终也没搞清楚她为什么要隐匿踪迹，为什么又在两周后开车撞进了加油站。"

"……"

"最后这篇呢，"姬田翻过一页纸，"内容很简单，加油站事故的一个月后，克莱因纪念医院的事务长自杀。不过这么看起来，算上住院的患者，克莱因纪念医院的相关人员在三个月内死了六个。"

姬田把报道放回桌上，抬头看我。我凝视着那些纸。

"刚才上杉先生说的是游戏公司吧？"

"是的。"

"克莱因纪念医院和游戏公司能有什么关系？"

我摇了摇头。

"我不知道。这个今后得好好查一下。"

"我也会调查那家医院的，没问题吧？"

"姬田先生也要查？"

姬田点点头。

"我好这口。从事现在的工作也是为了满足这种兴趣。对了，上杉先生，能不能把你的联系方式告诉我？"

"不行。"七美抢着说。

"不行？"姬田看着七美。

"我应该跟你讲清楚了吧？"

姬田摇头道："这事与你无关，我是在和上杉先生说话。我问他联系方式，是想跟他交换这家医院的各种情报。"

姬田扭头看我，像是在说"你觉得如何"。我点了点头。

"我给你名片。"

姬田从口袋里取出皮夹，抽出一张名片递给我。我看了七美一眼。

"随便你。"七美表情僵硬地说。

我把自己的电话号码告诉了姬田。

"多谢。"

我边说边拿起桌上的打印纸。从沙发上起身时，姬田不动声色地问我："你跟这女人是从什么时候开始的？"

"昨天开始的。"

"昨天？"

姬田反问了一句，苦笑起来，似乎把我的话当玩笑看了。

"唔，也罢，改天再联系你。"

走出这栋大楼后，七美回头望着正门。

"这女人……他竟然这么叫我。"七美啐了一口。

"你的计划没被我破坏吧？"

"没关系。"七美摇头说。

"我倒觉得他像是个好人。"

"他当然是好人啦。"

七美迈开了步子，我照旧跟在她身后。

突然，她转身对我一笑："肚子饿不饿？"

我点点头。

32

翌日，我与七美约在二子玉川会合。

上午九点半，我在电车站前的公交上客站等着。随着一阵喇叭声，一辆白色蓝鸟车停在了我的面前。七美从驾驶座一探身，打开副驾驶座那边的车门，探出脸来。

"快上来，停在这里会被骂的。"

我刚钻进去，七美便启动车绕过公交上客站的环形交叉口，开到了玉川路上。接着又横渡多摩川，向沟之口驶去。

"时间还充足吗？"

七美握着方向盘问。或许是我的心理作用，总觉得她脸泛红潮。

"我一般十点到办公室，现在这样会到得太早。九点四十五分左右到沟之口车站前就刚刚好。"

"那我们兜点圈子慢慢开。"

"你经常租车？"

"偶尔啦。旅游时在当地的电车站下来，就会去租车。这种情况占多数。"

"开车没问题？"

"不知道。虽然没出过车祸，但我的性格比较粗枝大叶。"

"我不是说这个。你没跟踪过别人的车吧？"

七美瞥了我一眼。

"当然没有，这是第一次，所以心里很飘飘然呢。"

"别太逞强，出车祸可不妙。"

"我再确认一次，是茶褐色的箱型车对吧？"

"没错。后座的车窗全是镜面。不过那只是在外面看着像而已，其实是内侧涂了漆。"

"你们是十点半左右从办公室出发？"

"不，要更早一些。如果我跟那个新来的打工男都到了，就会马上出发。你在沟之口站附近把我放下后，先去办公室那边守着比较好。"

"好，就这么办。"

"还有，箱型车是从办公室后面出发的，那里有一条狭窄的单行道。"

"会上高速公路对吧？"

"应该会。我从梨纱刮开的窗缝里看到了高速公路。缝太窄，看不出是哪条高速，不过我想多半是东名或第三京滨。"

"明白了，我会在单行道的出口等箱型车出来。那摸清研究所的位置后，我该做什么？"

"你确认位置之后可以直接回家。反正我也得在研究所待到傍晚。从伊普西隆下班出来，我就去找你。"

"在哪儿碰头？"

"这个嘛……去二子如何？"

"行！二子的什么地方？"

"百货商厦的新馆一楼有个喷泉广场，就约在那儿吧。那里还有长凳可坐。"

"是指高岛屋商厦的新馆吗？"

"对。"

"大概几点？跟昨天差不多？"

"差不多吧。所以，我想我五点半能到。"

"那我等你哦。"

这辆车的租金是我付的。昨天离开电视台后，我和七美在饭桌上定下了这个计划。

首先，必须找出伊普西隆近乎神经质地严加保密的研究所在哪儿。想查出伊普西隆究竟在搞什么鬼，就得搞清他们的所在，不然不好办。

我和七美都不再相信伊普西隆研发是单纯开发游戏装置的公司。

"克莱因壶"作为游戏装置无法回收成本；梶谷在电话里提到了得克萨斯州克莱因纪念医院五年前发生的一连串怪事。而最让我俩起疑的不是别的，正是伊普西隆在下落不明的梨纱身上撒了谎。

十点还差十五分时，我在离沟之口车站稍有些距离的地方下了车。目送白色蓝鸟车驶远后，我徒步向办公室走去。

我在办公室附近东张西望，但并未发现蓝鸟车的踪影。丰浦利也先到一步，正与梶谷一边闲聊一边等我。坐进看不见外头的茶褐色箱型车、前往研究所的途中，我极为在意车外的情形，心老是悬着。丰浦几次搭话，我都答非所问。

明明只是坐车，可抵达研究所时我已经精疲力竭。

"感冒啦？"梶谷问我。

他看出我不对劲了。我竟然紧张到了这种程度。

33

丰浦利也打完第三次游戏后，回到我正在待命的小房间。

"啊呀，我真是吓坏啦！"

他一进房间，就这么说着在我面前坐了下来。

"怎么啦？"我问道。

丰浦苦笑着朝我用力摇头。

"我一时失手，被莫基玛夫的军警逮住了。"

"啊，是警察吗？"

"我吓坏了，还以为自己会死。啊不，在游戏里我是真的死了。

对方严刑逼供，拿鞭子打我，把我的头按进水里，最后还用烙铁烫我的膝盖。"

"烙铁？"

我凝视着丰浦。

"嗯，我真的痛得失去了知觉！没想到会在游戏里这么惨。所以我招了，说自己是来找巴德博士的，结果被当场枪杀。哎呀，好惨，好惨。"

"……"

被烙铁烫膝盖——

在 K2 中遭到这样的拷问，应该会感到难以忍受的剧痛。被鞭子抽打真的会痛，被按进水里真的会呛水。丰浦说他失去了知觉，肯定不是夸大其词。

这么说来——我想起来了。

笹森贵美子说过，她看梨纱光顾着杀敌，就叫肯尼斯修改了游戏。

——只要杀死一定数量的敌人，即使从正面进攻也能侵入官邸。但侵入后，她会被敌人逮住。被俘之后就要看她怎么做了，搞不好会遭到严刑拷打。

丰浦刚才就遭到了拷打。

那么，梨纱也……

"啊，上杉先生，让你久等了。"

见笹森贵美子走进房间，我站起身来。

"笹森女士，刚才我听丰浦君说，他在游戏里遭到了严刑拷打，又挨鞭子，又被烙铁烫，这是不是有点过分了？"

贵美子转脸看丰浦："真有那么过分吗？"

"这个嘛……"丰浦再次苦笑，"因为真的很痛嘛，我忍不住哭了。"

"也是啊……"

贵美子咬着下唇，我目不转睛地注视着她。

"刺激与恐惧跟肉体上的痛苦是两码事吧？游戏需要刺激，但是否也需要痛苦呢？"

"我会考虑的，然后尽快让肯尼斯做调整。好了，上杉先生，请准备进场。"

"……知道了。"

我心里带着疙瘩离开小房间，独自走进监控室，和面对显示器的肯尼斯·巴多拉搭话。

"肯尼斯，监控玩家时，是不是也记录脉搏和呼吸状态什么的？"

"什么……？"肯尼斯回头看我。

"我是指玩家的状态。"

"嗯，是的。脉搏、呼吸、发汗状况、皮肤的表面温度、脑波，等等，等等——"

"刚才丰浦君被拷打时，状态是什么样的？"

"什么样……什么意思？"

"就是丰浦君被拷打时的身体变化啊。"

笹森贵美子进了监控室。

"肯尼斯，上杉先生的意思是，游戏里有'拷打'不合适。你看，当时丰浦君不是陷入恐慌了吗？游戏嘛，应该让人觉得有趣好玩才行。你说是吧？"

最后一句话是对着我说的。总觉得贵美子是在挖苦我。

"就照上杉先生说的，拷打那部分我们再合计合计。"随后，她拍拍我的背说，"去吧，这是今天最后一次测试。"

"……"

我向更衣室走去，到门前时又回过身来。

"能问个问题吗？"

贵美子抬起头。"什么问题？"

"百濑先生还好吗？"

"百濑……？"

一瞬间，贵美子的脸色看起来很阴沉。肯尼斯也在抬头看她。

"啊，百濑呀。你为什么要提他？"

"没什么，我一直把他给忘了，刚才突然想起。毕竟我只在体验 K1 试作品时见过他嘛。也不知道他现在是什么情况。"

"他呀，现在在美国。"

"美国？"

"嗯，在那边的研究所继续搞研究。"贵美子诧异地盯着我，"怎么突然想起他了？"

"唔，怎么说呢，我也不太清楚。"

说着，我开门进了更衣室。

她在撒谎。我一边脱衣服一边这么想。

在美国？不对！百濑伸夫正不停地在"克莱因壶"中发出警告。没错，失踪的不仅仅是梨纱——

我脱光衣服，躺上海绵胶垫床。

——痛得失去了知觉。

丰浦的话如针刺一般残留在我的耳际。

面罩从脸的上方徐徐降落。

34

对我来说，这天的三次游戏都平淡无奇，既没有听到百濑伸夫的警告，也没有被敌方逮捕、拷打。

五点钟时，我得以离开沟之口的办公室，随即坐上东急线的电车，在二子玉川站下了车。抵达高岛屋商厦的新馆时，离约定的五点半还有五分钟。

我环顾四周，发现七美还没到，便坐上长凳，观赏着小喷泉等她现身。

然而，到了六点七美也没出现。

难不成是去了本馆？于是我又上了一趟本馆。本馆底楼也有一个带喷泉的广场，但七美也不在那里。

我给自己家打了个电话，想听听有没有留言。然而，输入答录机的认证密码后，听到的却只是"哔——"的电子音，这表明没有任何人给我打电话留过言。

我返回新馆，又等了三十分钟。

六点半过后，我无可奈何地从长凳上站起身，心里有一种不好的预感。

该不会是出车祸了吧……

我脑中冒出了一个不愿去想的念头。

事到如今，我真后悔让七美去跟踪箱型车。我想起了昨天姬田恒太所说的报道，克莱因纪念医院的护士就是死于交通事故的。

我没有回自己的公寓，而是直接坐电车来到涩谷后，步履匆匆地赶往梨纱的公寓。

说不定是梨纱回家了，七美顾不上和我的约定。

当然，这只是自我安慰罢了。

穿过当初七美带我走过的小巷，来到木造的公寓楼前，我抬头仰望二楼。

"……"

二楼的尽头——那里就是梨纱的房间。然而，房间的窗户里没有灯光漏出。

慎重起见，我登上楼梯，走到梨纱的房门前，敲了敲门。当然毫无回应。

忽然，我抬头看了看门框的上方，把手伸了过去。

"……"

理应放在那里的钥匙不见了。我的指尖只带回了黑色的尘埃。

隔壁房内传出了声响，我下意识地远离门前。

究竟是怎么回事……？

不安的情绪在我心中扩散开来。走在涩谷的街道上，我发觉自己正在颤抖，好想放声大叫。

姬田——

想到这里，我忙伸手进口袋找皮夹。是了，七美是去找姬田了。我掏出皮夹，翻找他昨天给的名片。

"——"

我不禁愣在了当场。

走在后头的男人撞上了我的背，怒声吼道："搞什么嘛！好好走路啊，混蛋！"

名片，不见了……

是掉在什么地方了吗？不会，我记得收下名片之后我就没再拿出来过。

啊！我猛然抬起头。

进 K2 时我把衣服脱掉了——

但是，伊普西隆那帮人有必要抢走姬田的名片吗？而且最重要的是，伊普西隆不可能知道我和姬田见过面。

我反复翻找，但名片确实已不见踪影。

我怀着不安的心情回了自己的公寓。打开门时，电话铃刚巧响起。我慌忙奔进房间，关掉答录机，抓起话筒。

"喂？"

——啊，是上杉先生吗？

"……"

电话里的语声让我忍不住咽了下口水。

不是七美。这是梨纱的声音。

——喂喂，上杉先生？"

"梨纱？你是梨纱吧？是你吧？"

——啊，太好了！我还以为自己打错了。

"你在什么地方？"

——抱歉，让你担心了。

"不，这个没关系啦。你突然说要辞职，究竟是怎么回事？现在你在哪儿？"

——对不起。不过，别为我担心，我是遇到了烦心事，一时冲动坐上了新干线。

"新干线？"

——嗯，我正在外地。

"是什么地方？"

——别问啦。我只是觉得没跟你打声招呼就跑了，想着不能让你担心，才打电话给你的。

"真壁小姐也很担心你啊。"

——真壁小姐？

"就是七美小姐啦。"

——啊，没关系，跟她没关系。

"跟她没关系？"我握紧了话筒，"告诉我，那天在研究所发生了什么？"

——研究所？

"嗯，就是我被叫出去的那天，后来发生了什么事？就是你被留到晚上九点的那一天。"

——没什么……什么也没发生啊。大家只是混乱了一阵。

"那你为什么……"

——跟伊普西隆无关啦，是我的私事。因为我私人方面遇到了一点烦心的事……啊，这是长途电话，我已经没十元硬币了，下次再打给你。

"等一下，等等！"

——再见。

"喂！梨纱！等一下，喂喂？喂喂！"

电话挂断了。

我紧紧握住不再有声音传来的听筒，久久凝视着它。

35

门铃响了。

我从床上坐起身。昨晚好像是不知不觉就睡着了，现在只觉得背脊酸痛，脑子昏沉沉的，可能是落枕了。

铃声还在响。

"稍等……"

我朝门口喊道，却感觉如鲠在喉，只发出了怪声，忍不住咳嗽了好一阵。

看了看床头的钟。

六点半……

窗外很亮，我甚至搞不清这是清晨还是傍晚。

门铃又开始响个不停。我从床上挺起腰，强忍着背部的疼痛走到门前开锁。

"……"

门外站着的是七美。

"啊——"她凝视着我的脸，塌下肩膀，发出了脱力的声音，"……太好了。"

她闭上眼睛，把脑袋抵在门框上。我迷迷糊糊地看着她。

"真壁小姐——"

"我……还以为上杉先生你也消失了……太好了。"

"怎么回事？"

"我可以进屋吗？"

七美往屋里窥探，我顺着她的视线回头看自己身后。

"我屋里乱七八糟的……"

"倒也不至于。总之，先让我坐一会儿。"

七美边说边推开我。脱完鞋后，她走进房间，扑通一下坐倒在地。

"……"

我关上了门。

"你刚才在睡觉？"七美看着床。

我注意到了床上的情况，慌忙理好凌乱的床单与毛毯。昨晚我好像穿着衣服就睡了，也记不清是什么时候睡着的。直到现在，我仍觉得脑中一片混沌。

"我有很多很多事想问你。"七美大口喘着气，肩膀一耸一耸的，"能先给我喝点什么不？喉咙好渴。"

"啊，咖啡行吗？不过是速溶的。"

"什么都行，总之就是想喝点什么。"

我去洗碗池旁给壶里加水，总觉得有点摸不着头脑。我一边在水壶底下点火，一边朝七美望去。

"你怎么知道我住在这里？"

"这个嘛……"七美做了下深呼吸，"你不是在信息中心的申请表上填过姓名和地址吗？当时我看到了。"

"喔——"我感叹着七美的记忆力，从架子上取下速溶咖啡瓶和两个杯子。

就在这时，我想起了一件重要的事。

我回头对七美说："我接到了梨纱的电话。"

"什么！"七美瞪大双眼抬头看我，"什么时候？"

"昨天晚上。电话有点古怪。"

"你是说昨晚……"七美皱起眉头，眨了眨眼，"大概是晚上几点？"

"唔……七点，不，八点左右吧。"

"骗人……"

"是真的。她没联系你吗？你的事我也对她提了。"

七美摇头。

"梨纱的电话——是打到哪里的？"

"……这里啊。"

"不可能，那时你不在家。"

"我不在家？"

"嗯，我不断打电话给你，可是没人接。"

"……"

我不禁看了看床头的电话机。

"你昨晚究竟在哪里啊？"

"什么在哪里……"我回望着七美，突然想起来了，"我倒是想问问你，你昨晚去哪儿了？我怎么等你都不来，我还去涩谷的公寓找你了。"

"……你说什么？"

七美眯起眼盯视着我。

"我真的很担心你。你没来二子，也不在梨纱的公寓里。我担心你是不是开不惯临时租的车，出了事故。总之，昨晚的情况真是一团糟。"

"喂……我怎么听不懂你说的话啊。"

"听不懂？"

水壶开始发出声响。我关掉炉火，泡上咖啡，端到七美那边。

发现没地方搁杯子，我便搬出靠在书架旁的折叠小长桌，摆在了自己和七美之间。

"上杉先生。"七美喝了一口咖啡，"你去过二子？"

"啊，当然了。我们约好的不是吗？我五点二十五分到了新馆的喷泉前。"

"……"

七美缓缓摇头。

"怎么？"

"你没来。"

"没来？你在说什么呀，没来的是你吧？"

"我去了。"

"……"

我俩一时沉默无语。

七美啜饮着咖啡，目不转睛地盯着我。

七美去过二子——？

"我是五点十五分到喷泉那里的。其实四点左右我就在商厦里了，因为太担心了嘛。我一直守在单行道的出口处，可茶褐色的箱型车压根就没出现。我想着该不会是伊普西隆对你做了什么吧——"

"慢着！"我向七美一探身，"箱型车没出现？"

"是啊，我等了足足两小时。你说十点刚过车子就会出来，可我一直等到了午后。"

"我们可是立刻就出发了。"

"你骗人。"

"我没骗你。我到办公室时丰浦君也已经到了，所以我们马上就坐进箱型车出发了。出来时应该还不到十点零五分。"

"骗人，车子根本没出来。你为什么要撒谎？"

"我没撒谎啊……"

总觉得脑子越来越糊涂了。

这到底是怎么回事？

"你该不会是看漏了吧？比如被别的车挡住了什么的。"

七美摇摇头，神情僵硬。

"那条单行道窄得很，容不下两辆车并行。我停的地方可以正面看到单行道的出口，所以不可能看漏。"

"可是……"

"喂，你给我说真话！"

我只是摇头。

"我一直都在说真话，我发誓我没有撒谎。倒是我很难理解你在说什么。"

"又来了——"七美愤慨地瞪着我。

"又？"

"最初就是这样！一开始我们就为梨纱回没回公寓吵了一架。那事还没理清楚呢，现在又非得争起来不可吗？"

"等一下。不太对劲啊，总觉得我俩的话完全对不上。我们从头开始说。我去了二子，你也去了二子，但我俩却没遇上。这也太奇怪了，完全搞不懂啊。我坐箱型车去了研究所，你却说箱型车没开出来。你给我从头开始好好说，我也会从头说起。"

"从开始的地方开始，在结束的地方结束，对吧？"

"对。"

七美喝光咖啡，抬头看着我。

“上杉先生你先说。说一下昨天一整天的经历。”

“好的。我早上九点半去了二子，在公交上客站坐上了你租的车。”

“很好。”

“租来的车开到沟之口，我在那里下车，徒步向伊普西隆的办公室走去。到了办公室，梶谷孝行和丰浦利也正在等我。我们三个一起坐进看不见外头的箱型车，三十分钟左右后就到了研究所。”

“……”

“在研究所内，和平时一样，我和丰浦分别打了三次游戏。四点半左右结束工作后，我们又坐上箱型车回了办公室。离开办公室时大约是五点，我直接坐电车去了二子，五点二十五分来到高岛屋新馆底楼的喷泉前。我在那里等了三十分钟，但你没有出现。我猜你可能搞错地点去了本馆，就过去看了一下，但你也不在那里。我又想说不定你是因为什么状况不能来了，那样的话，我家的电话答录机里应该会有你的留言。于是我就打电话回家想听听录音带，可是电话答录机里一条留言也没有。”

七美本想插嘴，却像是改变了主意，只说了一句“你继续”。

“我又返回新馆，最后等到了六点半。因为担心你，我决定去涩谷瞧瞧。可是到梨纱的公寓一看，门锁着，灯也不亮。我想到可以进屋等，就伸手到你上次告诉我的那个地方摸钥匙，但是门上面没有钥匙。”

“……你骗人！”

“我说的都是实话。然后我想到了姬田先生，没准是你跟踪箱型车时抓到了什么线索，所以去找他商量了。我这么想着，决定给他打电话，可是他给我的名片却不翼而飞了……”

我在口袋里摸索着掏出皮夹。再次检查一番后，不由得瞪大了眼睛。

“……”

姬田的名片在里面！

我晃了晃脑袋。

“怎么了？”

“名片……在。”

七美盯视着我。

昨天我在涩谷翻看皮夹时，明明没有名片的。明明不在里面……

“上杉先生？”

见我盯着名片发愣，七美不安地唤了我一声。

我只是摇头。

真是匪夷所思。

“之后你做了什么？是回这里来了吗？”

“……嗯，到家时电话铃刚好响起……我以为是你打来的，谁知拿起来一听，是梨纱。”

“……梨纱她说了什么？”

“她说遇到了烦心的事，所以外出旅行去了。她要我别担心。我问她伊普西隆的事，她只说跑出去旅行是出于私人原因，与公司无关。我替你传话，说真壁小姐也很担心，她却只说了句与你无关。”

“那……真的是梨纱吗？”

我按着太阳穴，只觉得如堕五里雾中。

"梨纱是不会讲那种话的。她遭遇挫折陷入低谷的情形我见过好几次，跑出去旅行什么的可不像她的作风。打电话的人真的是梨纱吗？"

"我已经被搞糊涂了。"

我摇摇头，又看了一眼姬田的名片。

"后来呢？你想说后来你一直就在这里？"

"嗯……"

七美叹了口气。

"真的完全对不上。"

她说着，起身拿起桌上的空杯，问我"能不能再来一杯"。

我正要站起来，她又摇头阻止，自己走到了洗碗池那里。她一边拿起水壶往杯里倒热水，一边对我说："上杉先生，你回家后没听答录机的录音带吗？"

"……"

我转头看她。

"你说你从商厦打电话回家，发现答录机里没有任何留言。那之后呢，有没有听过？"

"没……"我抬头望向床边，"信号灯也没亮，所以我就没听。"

"我昨天至少朝这里打过十次电话，一直没人在家。其中有三次我留了言。"

"一直……？"

"嗯，在商厦打了两次，然后回了梨纱的公寓，又往附近的公用电话亭跑了好几趟。"

"……"

我起身走向床，摁下电话机上的按钮，但是里面根本没有录下七美的留言。

"究竟是怎么回事？"七美捧着咖啡杯，发怒般地吼道。

36

"正如我刚才所说，"七美走回原位，背对着坐在床沿上的我坐下，"我在单行道的出口一直等到午后，心里急得不得了。你问我是不是看漏了，可我在的那个位置是不可能的，就算我在那里发呆，车出来也会立刻察觉。当时出现了好几辆车，但就是没有茶褐色的箱型车。"

"……"

"我还琢磨着要不要擅闯办公室呢。我想没准是发生了什么意外，你们去不了研究所了，我本打算去一趟办公室，但又觉得很害怕。而且，如果是因为上杉先生改变了作战策略，我可能会碍你的事，所以还是放弃了这个念头。可是继续干等下去也无济于事，我就先把车退了，然后试着朝这里打电话，但是你不在家。"

七美又啜了口咖啡。我一边听她说话，一边茫然地望着窗外。

"所以我早早去了商厦，想着你可能提早结束工作，已经来了。我在商厦里溜达，等待五点半的到来。五点十五分左右时，我已经在喷泉边上了，后来就一直在那里等着。如果上杉先生讲的都是实话，那我俩就是并肩坐在长凳上，却一直没瞧见对方。"

"……"

"你说你等到六点半，而我是等到了七点。其间我朝这里打过两次电话，可你果然还是不在家。所以，你去梨纱的公寓时，我还在二子。"七美转向床沿上的我，"但是，钥匙好端端地就放在门框上面。"

"……"

"因为我自己从商厦回去后，就是靠那把钥匙进屋的呀。"

我轻轻摇头。

"我守在房里，每三十分钟跑一趟公用电话亭，为了弄到十日元的硬币，还买了根本不抽的香烟。最后一次朝你家打电话是半夜两点多。我拼命回忆，总算想起了你的住址，就打算来这里瞧瞧。但是你人又不在家，深更半夜往你家跑也只会担惊受怕，所以我就想着等头班车开了再说。这不，大清早的我就来了，一宿没睡呢！"

七美抱住双腿，把额头抵在自己膝上。

"……"

我不认为七美说的是假话。她毫无理由对我说这样的谎。

但是，这样的话，这一切又该如何解释呢？

——又来了？

七美之前这么抱怨过。

我才想说这句话呢！

我从床上拾起姬田的名片。昨天为什么没找到这张名片呢？我还以为是丢了，其实是看漏了吗……

啊——

我抬起双眼。

之前也发生过类似的事。

梨纱的耳环——

我是在伊普西隆研究所的更衣柜中捡到的，是梨纱进 K2 时落下的。然而我想还她的时候，理应在我裤兜里的耳环却不见了。后来我跟七美在 "Humpty Dumpty" 见面，把手插进裤兜时，耳环又出现了。

我又一次注视着姬田的名片。

耳环与名片——

我情不自禁地从床上站起来。七美吃惊地抬头看我。

"怎么啦？"

"莫非……"

我再度凝视手中的名片，然后将目光投向电话，最后又落回七美身上。

"莫非什么？上杉先生，你怎么了？"

"竟然会有这样的事……"

我心跳急剧加速，感觉像窒息了似的，不由得用力吸了好几口气。

"上杉先生，你没事吧？喂，上杉先生！"

七美起身抓住我的手臂，死死盯着我的眼睛，不断呼唤着我。

"不可能的……这怎么可能呢……"

我只是摇头，想甩掉脑中浮现的想法。

"上杉先生，你怎么啦？"

七美抓住我的双臂用力晃动，一边盯视着我的眼睛，一边轻抚我的背。

"坐下。上杉先生，好了，快冷静地坐下来。"

"……"

七美硬拉着我坐到地上。我接过她递来的咖啡大口大口地喝着，不小心被呛得咳嗽起来。

"这种事不可能做得到……"

"嗯？什么事？"

我回望着七美。

"我……昨天，真的不在家？"

"……"

"也没出现在二子？"

七美就像在咽口水似的点点头。我透不过气来，只觉得脑袋嗡嗡作响。

"……是那些家伙干的好事。"

"什么？"

"我上当了，他们彻底把我骗了。"

"上当？上什么当？"

我凝视着七美，抓住了她的手臂。

"是克莱因壶。"

"……"

七美一脸惊恐地看着我。

"我在壶里。虽然分辨不出内外，但我一直就在那个壶里！"

"上杉先生……"七美声音里透着哭腔，"你在说什么呀？"

"昨天——我离开伊普西隆去了二子，买车票，坐电车，然后走进商厦，坐在长凳上观赏喷泉。但是，那些都是假的。"

"假的……"

"我看到的是电脑制作出来的虚假世界。没能见到你也是理所当然的。真正的我在伊普西隆研究所的'克莱因壶'里，而你的个人信息还没有输入进电脑。"

"……"

我松开七美的手臂，在床上摸索着捡起姬田的名片，递到她面前。

"这张名片，还有我交给你的梨纱的耳环，都说明了这一点。那帮人没注意到我口袋里有名片和耳环，所以 K2 的数据中缺少这些信息。在壶里，名片和耳环都是不存在的！"

"我说……"七美疑惑地看着我，"我不太明白，'克莱因壶'难道不是游戏吗？"

"他们对我说是游戏。"

"对你说是游戏？事实上你不是正在玩这个游戏吗？"

"是在玩。K2 导入了我写的《脑部症候群》，我一直在对它进行测试。但事到如今，我已经搞不清这测试是否真的是为了游戏。"

"等一下，你别自顾自地表示想通了啊。你看得到吗？我不是在这里吗？"

我点点头。

"我看得到，不但看得到你的人，还听得到你的声音。"

"所以说，这到底是怎么回事？总之你没去二子，对吗？"

"我的意识去了二子，但身体一直在'克莱因壶'里。"

"意识……喂喂，这种事我可没法相信。你接触到的并非只有二子商厦的影像啊，毕竟你还四处走动、打电话来着——"

"这就是'克莱因壶'！"

"……"

"在那里面，一切都是现实。对于玩家来说，那里面的树、家、道路、人，所有的一切都是现实。不进去亲身体验一下，只靠我口头说明，你大概是没办法理解的。K2制作出来的事物在感觉上都是真实的，可以触摸，可以感受到冷暖、软硬，连气味和声音也极度真实。但是，这一切都是虚假的，所有的一切都是由数据组合而成的赝品，连自己的身体都是。"

"自己的身体？"

"在壶里，我像这样握住自己的手。"我用右手抓住左手，"但事实上，我的左手没有被握住，右手也没握住什么。在'克莱因壶'里，连我自己的手都是假的。"

"简直就像在做梦……"

我对一脸困惑的七美摇摇头。

"做梦的话，我们能够察觉到。梦的感觉可没有K2那么真实。所以，二子、涩谷的街道等信息一旦被输入K2，我就无法辨识真伪。不过，也有没被输入进去的东西，那就是梨纱的耳环和姬田先生的名片，还有梨纱公寓的备用钥匙。伊普西隆的人不知道钥匙藏在那里，也就没办法在K2里进行设置。"

"……"

七美抱住了自己的双肩。想来并不是因为冷。

我意识到，矛盾已迎刃而解。如果那些家伙确是用K2欺骗了我，那一切就都能说通了。

这样的话——我思考着，说出了自己的推论。

"这样的话，到目前为止，我至少被K2骗过两次。"

"耳环不见的时候，以及昨天？"

"嗯。另外还有一个共通点，那就是我没有就寝的记忆。"

"……"

"刚才也是。你按门铃把我闹醒了，可我却不记得自己是什么时候睡着的。这么说起来，上次我也是被你吵醒的。不过上次你用的是电话。"

"啊，就是我最初打的那通电话？"

"嗯。那天早上也是，由于威士忌的空瓶滚在地上，我还以为自己是醉酒失忆了，但事实并非如此。"

"等一下，事实上究竟是怎么回事？你在'克莱因壶'里看到了虚拟的现实？可现在你人在这儿，不在壶里，你是什么时候出来的？"

"所以说，就是在我记忆缺失的那段时间里啊。既然你昨天最后 通电话是两点多打的，那就是在这之后了。大概是他们让我在 K2 中陷入了昏睡，然后把我搬进了家。"

"……"

"你往答录机留言了三次，但这个电话机却没录到半句话，是因为被删掉了。"

"被删掉了——"

"把我搬回家的人注意到电话机的信号灯在闪，就把留言删了。"

"但是……那我问你，他们为什么要这么做？"

"为什么？"

"嗯，他们有什么必要做这种事？"

我默默凝视着七美。

她的表情渐渐僵硬了。

"梨纱——"

我点点头。

"这一切的开端发生在你往这里打电话的前一天，也就是他们说我姐夫出车祸、将我带离研究所的第二天。那天梨纱来伊普西隆比平时晚。这事我对你说过吧？"

"嗯。"

"我跟梨纱在研究所见上面，是在出 K2 之后。不，其实——"

"其实你并没有离开 K2，只是他们让你以为自己出了 K2？"

"是的。那天他们说装置出了故障，叫我跟梨纱提早下班。"

"拜托你一件事。"

"什么事？"

"让我坐到你身边去。我身子抖得停不下来。"

"……好。"

我和七美贴着床并肩坐下。我揽住她的肩，把她拉过来，她把头靠在我的肩上。

七美真的在发抖。

"他们骗你，是为了让你看见梨纱？"

"我想是的。昨天也是，我接到了梨纱的电话。"

"反过来想，这是因为他们没法让你见到真正的梨纱……不要啊！这，这！"

七美紧紧搂住了我。

"但是——不这么想一切都说不通。"

"梨纱究竟怎么样了？"

"……"

我想起了梨纱的小肩包。

梨纱没有回公寓。从发生映一假车祸事件的那天开始，她就没回过涩谷的公寓。只有小肩包回到了主人的房间。

这也是伊普西隆干的好事。就像删除答录机里的留言一样，他们把小肩包放回了梨纱的公寓……

"喂，你说梨纱究竟怎么样了？"

我无法回答，只是抱着七美摇头。

——趁现在还可以控制，快逃吧。

耳际响起了百濑伸夫的警告。

突然，电话铃响了，我与七美面面相觑。她的脸近在咫尺，令我心里一震。

我松开七美的肩头，绕过床拿起了听筒。

"喂？"

——啊，是上杉君吗？"

"是。"

——我是姬田。

"啊，上次真是多谢了。"

我一边说一边望向七美。她正盯着这边看，我冲她指了指掉在地上的名片。

——调查有进展吗？

"调查？"

——克莱因纪念医院啊。

"啊啊，还没什么收获。"

——是吗？我后来又调查了一下，这事果然非常有趣噢。

"你是不是掌握了一些情况？"

——嗯。昨天我打电话想把调查结果告诉你，可你一直不在家。

你现在方便的话，就在上班前找个地方和我见一面如何？"

我看看钟，现在刚过七点。

"好，不见不散。"

——七美在边上吗？

我看看七美。"……在，要不要换她听？"

——不，不用了，你八点能到吗？

"到哪里？"

——地点你去问七美，她知道。

"啊……姬田先生——"

电话挂断了。

我握着听筒，回头打量七美。

"他说什么？"七美的声音一下子冰冷起来。

"他约我八点见面，说是掌握了克莱因纪念医院的新情况，还说你知道见面的地点。"

"……"

"你知道？"

"嗯。"七美皱着眉点头，"他是想挖苦你啦。"

我"嗯"了一声，从床上拿起皮夹，把姬田的名片放回原位，然后把皮夹塞进口袋。

我很理解姬田的心情，也很理解七美所说的"挖苦"是什么意思。接下来要去的地方，是姬田和七美的专属领域。

37

我以为七美会带我去某家时髦的咖啡馆，没想到却是日比谷公园。

穿过花坛之间的碎石小路，七美径直走向一张可俯瞰池塘的长凳。看来就连坐哪张长凳也早有定规。七美一声不吭地在长凳右端坐下。

我正要在另一端坐下，她却轻敲凳面，示意"再离我近点"。于是我按她的要求往她身边靠，刚好坐在了长凳的正中间。我的左侧腾出了一人宽的空位，多半是给姬田留的。

"能问个问题吗？"

七美朝我摇头："如果跟这长凳有关，我不想回答。"

我点点头，心里有点嫉妒姬田。

这位姬田老兄在八点过两三分钟后现身了。

"你好，上次麻烦你了。"

我正要起身，姬田摆摆手止住我。他毫不迟疑地在我左侧的空位上坐下，就像没瞧见七美似的。不过显然他不是真的无视七美，否则就不会指定在这里见面了。

"我们就直奔主题吧。"姬田从胸前的口袋中掏出笔记本，"首先，我想确认一下我提供情报给你的条件。"

"条件？"

"嗯。上杉君，你认为你签约的伊普西隆研发公司，与克莱因纪念医院五年前发生的一连串事件有关，对吧？"

"对……虽然我还不清楚其中的关系。"

"嗯。但是，你想调查这一点。"

"没错。"

"两者的关系水落石出之后，你打算怎么做？"

"打算怎么做……？"我看了看姬田。

"查出来了，知道真相了，好嘞，结束——应该不是吧？你的想法是把调查结果写成自己的作品。虽然我不太清楚你是想写小说还是游戏。"

"我还没打算好，也不知道自己能否以某种形式将它创作出来。"

"我的条件是，希望你把与查明的真相有关的一切都告诉我。"

"啊，是这样啊。"

"你懂我的意思吧？等查到一定程度，我判断这是个大事件——多半是——我一旦做出这样的判断，就会向上司报告。如果上司来了兴趣，你那边调查所需的费用也可由我方承担。"

"行，我会把我知道的一切都说出来。"

"OK，那我就公开我的调查结果了。"

姬田一点头，翻开了笔记本。

我朝七美瞄了一眼。她正望着池塘，没有加入谈话的意思。

"和你见面之后，我到处挖掘跟医院案子有关的料，虽然还不够充足，但非常有趣。"

"除了上次的那三篇，还有别的报道？"

"嗯，不过数量不多。还是得再扩大一点调查范围啊。我首先关注的是那三篇报道中的最后一篇。"

"最后一篇……是指医院事务长自杀的那个？"

"对。我查了一下，发现那起自杀案简直是扑朔迷离。"

"……"

"在他自杀的一个月前，不是有个失踪的护士出车祸死了吗？"

"撞进加油站的那个？"

"对，那护士的父母本来要控告医院。"

"控告？"

"嗯，两位老人说女儿的事故医院有责任。尽管后来没告成，但从那时起，奇怪的流言就在护士身边的亲友，以及克莱因纪念医院的住院患者之间传开了。"

"……"

"你猜是什么流言？"

"不知道。"

"医院该不会是在拿住院患者做实验吧……"

"实验……"我愕然抬起脸。

"就是人体实验啊。"

"什么样的人体实验？"

"这个我还不太清楚。都说是医学方面的，比如药物开发什么的。怎么说呢，毕竟只是传言啦。"

"使用未经许可的药物治疗住院患者之类的？"

"我也觉得是。但这事还是得仔细调查，直接问一下美方。不过呢，最奇怪的还是医院的那场火灾。"

"是啊。"

"那场火灾烧死的四人中，一人是死囚，另外三人也都是接近无期徒刑的囚犯。换句话说，烧死的这四个要把牢底坐穿的人，就像是被特意挑选出来的似的。"

"……"

"传言就是由此而生。总之，人们怀疑医院是在拿这帮终生囚犯做医疗实验。"

"虽说是传言，但既然都上了新闻，说明其实是媒体捅出来的吧？"

"是的。怎么说呢，最初只有地方上的报纸登了。风波闹大是在事务长自杀之后。"

"自杀跟那个实验有关？"

"不，这个还不能断言。但无关的话就太没劲啦。"

姬田冲我一笑。

"不过，我这次查获的情报中，最精彩的部分是这位事务长的履历。"

"履历？"

"对。这个男人在做克莱因纪念医院的事务长前，是政府部门的工作人员，而且是在一个名叫 DDST 的组织里当课长，不是普通公务员。"

"DDST——那是什么？"

"也是，谁会知道这个呢。我也不知道，所以就去调查了。结果大吃一惊，原来就是 CIA ！"

"CIA ？"

我不禁叫了起来，往旁边一看，正好对上了七美的视线。

"没错。CIA 不是一个简单的组织，内部有很多部门，DDST 就是其中之一。它的正式名称是 Directorate of Science and Technology——翻成日语就是'科学技术部'。"

"……科学技术部。"

"据说这个组织恰如其名，研究和开发了 CIA 情报活动所要用到的种种科技。其活动细节均为最高机密，外界无从得知。不过，据说他们连间谍卫星、侦察机之类的都在开发，可见里面的水很深。"

"……"

"克莱因纪念医院自杀身亡的事务长就职前曾在 DDST 工作过。怎么样？有趣吧？"

我叹了口气，真是做梦也没想过会有这样的事。

"怎么说呢，想得有趣一点或者说比较令人期待的一个想法是——CIA 利用克莱因纪念医院中的住院患者，而且还是服刑患者，进行了某种实验。"

"但是，这……"

"这当然只是想象。不过这么想的不止我一个，大洋彼岸的杂志也写过。某杂志在事务长自杀后登过一篇臆测性的报道，据说在美国一度引起了轰动。所以，我们这边不好再炒冷饭。现在就看上杉君你的了。"

"我……？"

"嗯。你怀疑伊普西隆研发公司和克莱因纪念医院的事件有某种关联，但还没说出你的依据。因为你的调查还不充分，我无法判断，所以昨天先擅自做出了一些推论。"

"……"

"如果克莱因纪念医院和伊普西隆研发公司有关系，而医院又做过 DDST 的实验，那么伊普西隆公司可能也是 DDST 底下的组织之一，正在进行某种活动。"

"这也……"

"不，你听我说，虽然这话听起来很可笑，但不是毫无根据的。你想想，假设DDST在克莱因纪念医院进行实验，竟然搞死六个人，引得媒体都来报道了。如此一来，在美国境内继续当时的实验就太危险了，于是他们把实验场所移到了我们日本。"

"……"

"怎么样？有这个可能吧？"

我摇摇头，只觉得自己的脑子已经石化了。

"好啦，我不强迫你走这条线去调查，不过如果是这样的话就太有趣了。这可是最好的新闻题材。我呢，也会调查得再深入一点。所以，你千万别忘了刚才约定的条件。"

"……"

"哎呀！"姬田看看手表，"都到这个点啦。今天我得早点去上班。日后再联系你啊。"

说着，他把笔记本放回口袋，站起身，看了七美一眼，仿佛才发现她在场似的。

"嗨，你好吗？"

"很好。"

"幸福吗？"

"幸福。"

"是吗，这么说不幸的只有我了。"

姬田说完，朝我一挥手，踏上碎石小径走远了。

我凝望着七美。

七美轻轻摇头，冲我一笑。

38

我和七美坐在长凳上没动。

"你怎么想？"七美望着池面问。

"不知道。"

"你觉得伊普西隆研发公司真和那个 DDST 有关系吗？"

"不清楚。不过，K2 确实是花了巨额资金制作出来的。"

"多少资金……？"

"这个嘛，几亿或几十亿吧——"

"反正肯定不是游戏机了。"

"嗯。"

我的大脑一片模糊。这感觉就像原以为倚靠的是墙，抬头一看，却发现是巨型怪物的腿。

"克莱因纪念医院做的会是什么实验呢？"

"也许是……"

"什么？"

"也许是 K1。"

"K1——"

"五年前，DDST 在克莱因纪念医院测试 K1。"

"利用生病的囚犯？"

"嗯。然后那实验失败了。"

"失败……什么样的失败？"

"不得不用火灾掩盖其存在的一种失败。"

"四名患者可都死了。有什么东西需要靠他们的死亡来掩盖？"

"比如说，他们的真实死因——"

七美瞪大双眼，凝视着我。

"难道是 K1 杀了人？"

"不知道。"我摇了摇头。

"等一下，'克莱因壶'不是一种装置吗？可以逼真地让玩家体验到电脑制作出来的世界。"

"是的。"

"说起来不就跟电影院差不多吗？电影院会杀人吗？"

"举个例子吧，假设有一部非常惊悚的电影。"

"……"

"心脏不好的人突然看到恐怖的场面，可能会引发休克。而'克莱因壶'的震撼力更是电影无法比拟的，感觉就像是真实发生的事。"

"因为休克……"

我脑海中浮现的，是丰浦利也那张苍白的脸。

他在 K2 里遭受拷打，被烙铁烫了膝盖。

——我还以为自己会死。

他曾经这么说过。

而梨纱也遭到了同样的拷打。就发生在《脑部症候群》开始测试的第五天，梨纱进行第二次游戏的过程中。因为我就是在那时得到映一出车祸的通知、被带离研究所的。

伊普西隆不想让我知道梨纱出了什么事。而且，第二天他们还利用 K2 让我和梨纱见面。换句话说，这是为了制造"就算梨纱失踪，嫌疑也不会指向 K2"的效果。

可恶——

我咬紧了嘴唇。

"真是的，这个'克莱因壶'到底是干什么用的？"

"……"

"喂。"七美抓住我的手臂，"CIA 为什么非得制造这种装置不可？"

"我本人已经验证了这个装置的真正用途。"

"什么？"

"我不是跟你吵过两次吗？"

"……"

"我以为自己去过二子的商厦。我也坚信自己去梨纱的公寓找过你。之前那次也是，我坚信自己与梨纱一起乘坐电车，在那辆电车上道了别。所以你说梨纱没回家，我认定你在撒谎。为什么？因为那都是我的亲身经历。正因为是亲眼所见，所以我才深信不疑；正因为是亲身所感，所以我才认定是事实。"

七美频频摇头。

"可是……做这种事对 DDST、CIA 有什么好处？不就是蒙骗了你一下吗？"

"因为对象是我嘛。"

"……"

"蒙骗对象是我的话，影响很小，不过是让我跟你吵吵架罢了。但如果是比较重要的人物，会是什么结果？"

"重要人物？"

"就举个极端点的例子吧。假如美国总统在不知情的状况下被送入 K2，你觉得会发生什么事？"

"这……"

"你觉得没可能吗？只要利用'克莱因壶'，就能改编进壶者的意识，制造出记忆。"

"简直就像……洗脑装置。"

"不是简直就像，那就是洗脑装置。我、梨纱和丰浦利也，都是用于试验的小白鼠。"

"好过分——"

"他们测试 K1 时大概更直接吧，所以出了问题，甚至引起了轩然大波。鉴于教训，他们组建了伊普西隆研发公司。正如姬田所说，在日本进行实验危险性较低。而且，只要声称这是一种新型游戏机，马上就会有我这样的笨蛋上钩。"

"——"

百濑伸夫不断地在游戏中对此提出警告。

——趁现在还可以控制，快逃吧。

那句话原来是这个意思。

"接下来我们该怎么办？"

七美的手握住了我的右手，她的手柔软而冰凉。

"我要把那帮人干的勾当全都揭发出来。"

"太危险了吧。"

我凝视着七美。

"没办法，只有我能进入伊普西隆内部啊。"

"可是，我不要，我不希望连你都……"

后半句话被七美吞了回去。就算她不说出口，我也明白。

我看看手表，快八点半了。还有一个半小时我就要去伊普西隆办公室了。

"有一件事我怎么也想不通。"七美握着我的手说。

"什么事？"

"那辆箱型车。"

"啊……对啊。"

"你昨天坐箱型车去了研究所，对吧？"

"嗯。"

"可是，箱型车没出来。那是怎么回事？坐车的你可没在壶里，你是跟我一起到沟之口的。"

没错——首先要找出研究所的位置。

"会不会是从单行道逆行出去的？"

"逆行？"

"嗯，倒车后退。"

"这个不太可能。你也说过，那条路很窄，甚至无法让两辆车并行。倒车时，后方有车来就糟了。更何况我人就坐在车里，没觉得车子在倒退啊。"

"可是，还能有别的解释吗？"

"有对策……他说过。这么说起来……"

"对策？"

"嗯，梶谷那么说过。我被骗到品川医院的时候，梶谷解释说，这是游戏开发竞争对手的公司设下的陷阱，骗我们出来是为了查出研究所的位置。"

"哦。"

"我问他，对方想找研究所的话，从事务所开始跟踪箱型车不就行了？他回答说，他们已安排好对策，不可能让人尾随成功——"

"是什么对策？"

"不知道。说起摆脱跟踪的对策，你能想到哪些？"

"你的思路不对。如果只是摆脱跟踪，按说我起码可以尾随到半途啊。可我在单行道出口等了又等，直到最后箱型车也没开出来。"

"对啊……还真是的。"

"从办公室到单行道出口之间也没有岔路——不过，或许在什么地方有我们不知道的岔路。总之，车子上了高速公路，这一点是可以确定的吧？"

我看着七美。

"不，错了。连你也被骗了。梨纱刮开车窗上的涂漆偷窥外面，是发生在壶里的事。"

"啊……对啊！"

"那不是我们自己看到的，而是安排我们看到的。"

"这反而说明车没上高速公路……啊，脑子都乱成一锅粥啦。最便捷的办法就是抓住司机直接问了。当然，对方也不可能告诉我们吧。"

"——"

我回望七美。

"怎么了？"

"司机……"

"我开玩笑的。"七美笑了，"因为我完全被弄糊涂了——"

"不，我不是说这个。对啊……重点是司机啊！"

"什么意思？"

我在与七美相握的手上加了把劲。

"我一次也没见过驾驶箱型车的司机。"

"……"

"不管是在办公室还是在研究所，我一次都没见过司机的身影。"

七美皱起眉头。

"这又是怎么回事？"

"我们上车时，驾驶座总是空着。后座的滑门关上后，前面就会传来关门声，然后引擎开始发动。下车时则相反。箱型车停下后，过不久就会有人在外面敲滑门，然后梶谷以此为信号开门。下车出去再看，司机就已经不见踪影了。"

"他们是在隐藏司机的真面目吧。"

"不，我觉得不是。"

"不是？"

我点点头。

我开始明白梶谷所说的"对策"是什么意思了。

"有两次是梶谷开的车，理由是不好安排司机。其中之一就是梨纱刮开车窗涂漆的那次。换句话说，是发生在壶里的事。那是为了让我看到车在高速公路上行驶。由梶谷开车，是为了给梨纱创造刮漆的机会。"

"……"

"但是，另一次情况不同，不是在壶里。那么，当时梶谷为什么要开车呢？一定是有非这么做不可的理由。"

"什么……理由？"

"因为只有他能开车。不是司机的时间不好安排，而是箱型车的司机从一开始就不存在。"

"……"

七美皱起眉头。

"什么意思？"

"如果我猜得没错，那么在单行道出口等多久箱型车也不出现这件事，就说得通了——箱型车根本就没离开办公室的车库。"

39

九点二十分左右，我到了沟之口。

在电车站前，我让七美在一边等着，先给伊普西隆打了个电话。接听的自然还是电话代接公司，耳中听到的仍是一个甜美的女声。

——您好，这里是伊普西隆研发公司。

"啊，我是上杉，有话要跟梶谷先生说。"

——抱歉，梶谷还没来公司上班。

"嗯，我知道，所以想请你传话。"

——好的……是什么事啊？

"请转告他今天我想请假。我好像感冒了，这就要去看医生。"

——唔，是上杉先生对吧？"

"没错，我叫上杉彰彦。"

——梶谷到公司后，我会照原话传达。请保重身体。

"谢谢。"

我苦笑着挂断电话，转身冲七美点头。

"走吧。"

我这么一说，七美就抓住了我的胳臂，脸色依然紧张。

我俩来到伊普西隆办公室附近，先是寻觅藏身之地。办公室正面是电机厂延绵不绝的高墙，站在墙前监视办公室显然不合适。经过办公室门前步行片刻，就不再有工厂的围墙了，那里有一片勉强能称为公园的狭小的休憩场所，四周都是灌木丛，只设有饮水台和长凳。我和七美并肩在长凳上坐下。从这里能看到对面伊普西隆办公室的入口。

虽然称不上隐蔽，但总比躲在建筑物背后自然。公园离办公室有三四十米远，我俩在这里应该不会被梶谷发现。

我看看手表，已经过了九点半。

"我好害怕……"七美在我身旁说道。

"这可是唯一的办法。"

"你别太冒险。"

"我会当心的。你心里不安的话，回梨纱的住处等我也行。"

七美只是摇头。

"我要在这里等你。"

仿佛是为了阻止我离开似的，她用胳膊缠住了我的胳膊。

我俩不再说话，默默地坐在长凳上监视着办公室。工厂的墙内传出了各种声响，汽车引擎声、远处的交谈声、金属马达的轰鸣声——全交织在一起，如耳鸣一般连绵不断。

"……"

我一言不发，只是轻拍七美的手臂。一个男人从办公室右侧的公寓大楼正门走了出来。

"那是梶谷。"

"……他就住在隔壁的公寓里？"

"看来是，我也是现在才知道。"

梶谷走向办公室，打开带着窗框的门。现在离十点还有十五分钟。

他没有关门就走进了办公室。

十分钟后，丰浦利也到了。见他走进办公室，我缓缓从长凳上起身。

"上杉先生……"

七美抓住我的手。

"不要紧的。"

我反握住七美的手，朝她眨眨眼。

我离开公园，穿过并不宽阔的马路，慢步走向办公室。假如梶谷此刻突然走到办公室外面，我就打算对他说：身体情况有所好转，所以我又过来了。只要注意不自乱阵脚，他应该就不会起疑。不过，我这些担心都是多余的。

我站在门外窥探办公室内部。听不到说话声。既然梶谷知道我休假，只要丰浦一到，他们就会马上出发去研究所吧。向来如此。这办公室不是让人久坐的地方。

我回头看了看公园里的七美。她正站在长凳前向我这边张望。我冲她挥挥手。

确定办公室内没有动静后，我悄悄进了门。

办公室里空荡荡的，通往车库的后门关着。我正要向后门走去，视线偶然扫过了梶谷常坐的办公桌。桌上有一部电话机、一个笔筒，还丢着一堆叠好的报纸。

我走到桌前，拉开抽屉。

"……"

抽屉里空空如也。我把两侧的抽屉也全部拉开，只有右下的抽屉里有三个茶杯。

办公桌旁摆着灰色的文书柜，我抓住柜门试着一拉，发现上了锁。

我再次来到后门，把耳朵贴上门板，听着车库内的动静。那里隐隐传来了引擎声和"嘎嘎"的机械摩擦声。

我握住门把，悄悄转动。门一开，车库里的噪声骤然增大。

"——"

昏暗的车库内现出了一幅奇异景象。

我反手将门关上，走在铺着铁板的地面上，茶褐色箱型车就在前方。诡异的是，这辆箱型车的车身正在一边震动一边"行驶"。

箱型车虽是在车库中央行驶，但车身既不前进，也不后退，只是前后左右地摇摆着，四个轮胎旋转不止。装在车库某处的扬声器，播放着高车流量道路上才有的噪声。

我慢慢靠近箱型车，看着那旋转不已的轮胎下方。只见四个轮胎分别搭载在滚筒上，滚筒上下移动，正处于高速运转状态。

原来是这样……

环视车库，卷帘门依旧紧闭；红褐色的铁板地面噗噗直颤，将振动传至我的脚底。我发现，车前后左右的地板开始缓慢而安静地开裂。载着轮胎的滚筒看起来比刚才更大、更清晰了。仔细一看，铁板上还有阶梯状的锯齿从车身下方呈放射状向外延伸。换句话说，这地面是由带锯齿的三角铁板在车下紧密拼接而成的。向四周打开的一块块铁板，被缓缓吸入邻近的铁板之下。滚筒下方逐渐透出了明亮的光。

让人无法跟踪的对策就是这个了。这么看来，从一开始就不可能进行跟踪，因为箱型车根本没有移动过。不让人看窗外的意义也在于此。我们以为车子在行驶，其实只是车身摇晃和扬声器播放的音效造成的错觉。

我望着驾驶座，那里空无一人。我深深地吐出了一口气。

虽然已猜中一半，但我压根没想到会碰见这样的装置。

铁板地面还在进一步开裂，速度慢得肉眼几乎无法察觉。滚筒下方露出了发白的水泥地。

"……"

我注意到了另一个动向——车身竟开始沉降，缓慢得与地面裂开的速度一样。由于滚筒给车身带来了复杂的上下震动，所以很难发觉。不过，它确实在一点一点地下沉。

我从地面的裂口窥探滚筒下方。能看到水泥地，地上还有黄漆画出的线。

是了，这下面就是研究所的停车场。伊普西隆研究所并不在距办公室三十分钟车程的地方，而是就在办公室正下方。

我突然回过神来，从裂开的地板侧旁绕到车后。支撑两个后轮的滚筒与滚筒之间，有一根粗粗的铁梁。我小心翼翼地站到梁上，尽可能不发出声响。手同时搭在摇晃不已的车身上，以求保持住身体平衡。

站到梁上就能清楚地感受到，载着箱型车的模拟行驶装置整体正在下沉。车继续处于模拟行驶的状态，时而大幅度前倾，制造刹车的效果；时而又微微上仰车头，营造出加速感。看来行驶中身体被压向座位的感觉，就是靠倾斜车身模拟出来的。

我把耳朵贴在震动的车身上，车中隐约传出丰浦的声音，但听不清他说的内容。

往下窥去，只见停车场的水泥地上开了个方形大洞，八根粗铁杆从洞中升起，支撑着模拟行驶装置及其上的箱型车。

持续下沉期间，厚厚的地面断层出现在我的眼前。地面分成好几层，从中能清晰地看见为推拉铁板而装设的吊杆与线路。最底层是水泥板，也是活动式的。

我保持紧贴车尾的姿势，忍受着身体的晃动和噪声。虽然只是移动几米，却觉得前往研究所停车场所花费的时间比平时多一倍有余。

车顶完全没入下方的停车场后，水泥板在我头上悄然开始合拢。

DDST——我嘴里念叨着。

——据说，这个组织研究和开发了 CIA 情报活动所要用到的种种科技。其活动细节均为最高机密，外界无从得知。不过，据说他们连间谍卫星、侦察机之类的都在开发，可见里面的水很深。

姬田的话在我的脑海中回荡。

我终于能望见地下车库的内部情形了。三辆小汽车停靠在清水混凝土的墙边，这是用来装门面的摆设。车库的卷帘门被放下了，但门外并不是马路。

离地面近到一定程度时，我跳下了铁梁。箱型车仍晃动着继续下降。我躲到一辆黑色奔驰车背后，等模拟行驶装置停下。

箱型车完全着地后，车下的水泥开始合拢。可以看到有水泥板从洞穴下方升起，只在轮胎底下留下了肉眼难见的缝隙。地面恢复原状后，上方的扬声器制造出"哗啦哗啦"放下卷帘门的声音，接着又发出了敲打车身的"铿铿"声。滑门从内侧被拉开了。

"那么……"丰浦一边下车一边问，"我今天能玩六次游戏吗？"

"怎么说呢，你还是去问笹森女士吧。"

梶谷直接向车库深处的角落走去，确认丰浦已站到方框中央后，他掏出塑料卡塞进墙壁上的插口。

两人所站的那块地板开始下沉。

"——"

我躲在奔驰车后，等梶谷与丰浦完全降至研究所。

也就是说，研究所在办公室的地下二层。

好了，接下来该怎么行动呢？我在奔驰车旁环顾整个车库。

既然电梯已经下去，我就不能靠它潜入研究所了。从这里到下面大约有七八米高，愣头愣脑地往下跳会受伤的。更何况没有梶谷手里的那张塑料卡，电梯压根就不会启动。

等电梯声音停止、彻底安静下来之后，我从奔驰车后爬了出来。

应该还有别的办法下楼。笹森贵美子和肯尼斯·巴多拉去研究所的话，不会使用模拟行驶装置和那个电梯。那只是用来欺骗我、梨纱和丰浦的。

我的视线停在了电梯对面的墙上，墙角有一扇门。

我看了看电梯降下后留下的空洞，向那扇门走去，极度小心地缓缓转动门把。

这是我第二次踏入此门。大约在一年半前，我被梶谷带到研究所时，我们没去地下，而是他领着我走进这扇门，去了走廊尽头的研究室。在那里，百濑伸夫让我见识了 K1 的试作品。

走廊上没人，我蹑手蹑脚在短廊上前行。没走几步，右侧就出现了向上的楼梯。走过楼梯口再往里就是研究室了。那里有一扇嵌着铁网毛玻璃的钢门，我把耳朵抵在门上，倾听室内的动静。室内鸦雀无声。

我试着轻轻转动门把。没有锁。我慢慢推开门，窥探室内。

"……"

室内的景象与我记忆中的完全不同。这里像是存放资材的地方，根本没有研究室的氛围。

我进去东张西望了一番。钢制的高架子摆了好几排，上面放着纸箱与木箱，朝里一看，都是些收拾得整整齐齐的粗螺栓、铁丝束、管子、钉子之类的杂物。天花板上有两处装了荧光灯。灯没开，室内很暗，只有走廊里的灯光透过门上的毛玻璃漏了进来。

上次来时，这里有一张大桌子，桌上、地板上都摆着各式各样的机械与装置。

我在室内转了一圈。

屋里只有八个堆放资材箱的钢架，以及里处两个貌似存放工具的钢制大型橱柜。我怎么也找不到通往地下的入口。

来这里的途中看到的楼梯只往上，不往下。走廊很短，只有一条，两侧的墙上也不见有电梯。

姑且往楼上走走看——

这么考虑比较稳妥。但是，往上走会到什么地方呢？印象中我没在铁皮屋办公室里见到过楼梯。

等等……

我在昏暗的资材室中抬起双眼。

我开始回忆自己从办公室的车库下来后，是怎么移动的。箱型车的车头冲着卷帘门，也就是冲着办公室后面的小路。降至地下车库后，方向应该也是一样的。背对卷帘门而立的话，电梯是在正前方的左侧角上。而通往走廊的门则在远离电梯的另一侧墙上。也就是说……

这里不就是办公室右边那栋公寓楼的地下吗——？

这么说起来，梶谷正是从旁边的公寓楼出来后，进的办公室。

伊普西隆研究所在旁边公寓楼的地下……原来是这样！我深吸了一口气。这样想确实比较合情合理。

放置K2及其附属设备的研究所需要的空间，不是那个铁皮屋办公室的面积所能容纳的。办公室与公寓楼的地下全都属于研究所。

一年半前，我初次来办公室时，周围都是些空地，只有右边的公寓楼从那时起就存在了。当时，铁皮屋办公室看起来就像建造公寓楼时搭的工地小屋。

会产生这样的印象也是理所当然。公寓楼与铁皮屋想必是同时建造的吧。

好吧，去证实一下吧。我走出资材室，回到走廊中段，上了水泥楼梯。墙上的荧光灯一闪一闪地发着光。楼梯在中途转了个弯，顶端是一扇铁门。

我握住门把，咬了咬嘴唇。

这扇门上着锁。

这么一来，我既无法走下研究所，也无法回到办公室。要回办公室，就只能等研究所结束今天的预定工作，梶谷与丰浦再度坐进箱型车了。

我看看手表，还不到十一点。梶谷他们傍晚才会返回，我必须等上近六小时。

我想起坐在公园长凳上的七美。这么长的时间肯定会让她担心的。现在她想必已经极度不安了。

难道就没有脱身的法子吗？

可恶……我一边想一边走下楼梯。来到走廊后，我左右打量资材室和另一侧的车库门。看来看去，觉得还是车库那边比较有希望。

就在我握住门把的时候——

资材室那边传出了一些动静。

"……"

愕然回头，只见门上的毛玻璃后有人影晃动。

我急中生智，一把推开通往车库的门，闪身进了车库，随后抓着门把手，从只开了一点点的门缝中窥探走廊那头的情形。

资材室的门被打开，有人进了走廊。此人走上楼梯的瞬间，我看到了他的侧脸。

梶谷——

这大概就叫撞邪吧。

那个资材室里可没有通往地下的入口……

40

听到楼梯上方传来铁门关闭、上锁的声音后，我走出了车库。

打开资材室的门，重新进去转了一圈，屋内并无变化。

我的视线落到了地板上。这里的地板也会下沉？

蹲下来细看地板表面，水泥地上只是均匀地抹着灰浆。我在钢架间来回穿梭，检查地板有无接缝，却只找到了一些小裂缝，没有任何类似断面的地方。

我又看了看墙。墙也是水泥的。我从钢架之间伸手去按压，自然也是无功而返。

但是——

我向门望去。

梶谷刚刚是从这里现身的。不久前，他带着丰浦下车，一起去了研究所。既然他在此出现，就说明这里一定有通往研究所的入口。

我又搜索了一次。这次是对钢架逐一仔细检查，但还是没能发现机关。

不可能啊……当视线停留在房间深处那两座大型橱柜上时，我发现左侧橱柜的门微微打开着。

"——"

之前看到时就是这样吗？我记不清了。

我拉开对开式的柜门，只见门内被分割出若干架子，里面放着绳索和各种工具。我仔细检查架子，发现了一些奇怪的地方。

橱柜的上下两端也有隔板，按说这是不需要的。顶端的板上连搁东西的空间也没有，至于最下面的隔板，没有它反而能放更多物品。

"就是这个了……"我不禁说出了声。

这整个架子应该会动。我用手抓住隔板试着摇晃。

"……"

然而，隔板纹丝不动。

我又开始观察橱柜的内壁。

是不是在哪里有开关？我用手指探查，最后终于摸到了一个小小的凸起，就在从下往上数的第二格的内侧。我试着用力按压。

马达的运转声"嗡"地响起，与此同时架子整体开始横向移动。

架子从橱柜侧面穿过，被收入墙壁，于是——

架子后方出现了一个窄箱式的房间，整个天花板都散发着白光，照亮了整间资材室。

我深呼一口气，绷紧腹部的肌肉。

"好了，出发。"我轻轻说出了声。

低头钻入橱柜，我心里忽然一动，从内侧关上了柜门。如果梶谷返回时见柜门开着，肯定会察觉到有人入侵。

墙上嵌着按钮。毫无疑问，这里是电梯。按钮只有两个，呈三角形，一个朝上一个朝下。我摁了朝下的。

马达又一次发出运转声，架子在我眼前回复了原位。架子背后的另一扇滑门关上后，电梯开始下降。

下降停止了。门一开，眼前是一个我从未见过的房间。有一张办公桌，桌子的另一边放着一排文件资料盒；一套沙发矮桌组件正对着办公桌；沙发旁有一扇门，门边靠墙处摆着一台饮水机。这是一间没什么装饰的房间。

我蓦地盯住了房门。

我走过去，悄悄推开门窥探外面的情形。走廊上不见人影，斜前方的厕所似曾相识。

这里是梶谷打那通英文电话的房间——

我恍然大悟，一回头，就看到了办公桌上的电话机。

也就是说，这里是研究所的内部。

"……"

我再度关上门，走向办公桌。电话机旁堆满了文件，我翻了几本，发现全是英文的。

可恶……应该带个照相机过来的。

但是，再懊恼也无济于事。有没有办法把所有文件都带走呢？这样就能让姬田揭穿伊普西隆的所作所为了。

我把目光投向旁边的文件资料盒，抽出了最边上的一个。里面塞满了文件夹。我浏览着文件夹的标签。

KLEIN2

我找到了这个。

我取出整个文件夹，放在办公桌上摊开。这厚厚的一本内容也都是英文的，里面有图纸以及 K2 的照片。看来这些是 K2 的设计图。

一看手表，指针已走到十一点十分。想带文件出去的话，动作就得快点，指不定梶谷什么时候就回来了。

我合上文件夹，继续文件资料盒的检查工作，拉出相邻的资料盒，顺着标签看了起来。

"……"

标签中出现了这样的文字：

A.UESUGI

这当然指的是我。我忙把文件夹抽出来，拿到办公桌上打开一看，也是满满的英文。

为什么都是英文啊！

我略感焦躁地翻阅着，这时，贴在文件中的几张照片映入了眼帘。

我的照片，父母的照片，连映一和邦子的照片都有。

"……"

照片下打了几行说明。除了住址、电话号码、职业、出生年月日，还附有一小段文字。

我放弃了解读文字的念头。总而言之，得先把这些东西带出去。我翻过一页又一页，后面的好像是对《脑部症候群》的描述以及我的大学成绩等。

我的资料和 K2 的资料被放在一起。也就是说……我又回到文件资料盒旁。

R.TAKAISHI

很快我就找到了这本文件夹，是高石梨纱的资料。

"——"

看了文件内容，我的心脏仿佛遭到重击。文件的最上面有一张放在透明塑料袋中的照片。

那是全裸的梨纱——

她躺在海绵胶垫上，圆睁双目。那显然是惊愕的表情。眼是睁着的——但那绝不是活人该有的表情。

光是这张照片就足以让人明白，梨纱究竟遭遇了什么。

我用力甩头，合上了文件夹，无法再看下去。

是那些人，是那帮家伙害死了梨纱——

我把三个文件夹叠起夹在腋下。这里没必要再待下去了。

突然，办公桌上的电话响了起来。我吓了一跳，回头盯视着电话。

电话机上有好些按钮，其中一个的橘色指示灯正在不停地闪烁。铃声停止后，橘色指示灯从闪烁转为持续发亮，但不到十秒就灭了。

我急忙合上文件资料盒，小心翼翼地抱起文件夹，以防里面的文件掉落。再次深呼吸时，从身后传来了一阵低鸣，电梯门关上了！

啊……

我冲向电梯，却只听到了电梯嘎嘎上升的声音。我慌里慌张想按门旁的按钮，但终于还是打消了这个念头。那样做就等于是宣告我在这里。

走廊上传来了脚步声，我焦急地环顾房内。有人要进来了……

我飞快地钻进办公桌底下——只有那地方可以藏身。

与此同时门也开了，有人走进了房间。脚步声走向电梯，在那里停住了。

我大气都不敢喘一下。

电梯的上升音不久即转为下降音。电梯门开启的同时，从里面传出的尖叫声惊得我差一点叫了起来。

"住手！放开我！不要啊！"

那是七美的声音——

41

"在我们的铁皮屋到处参观的，就是这位小姐？"

这是笹森贵美子的声音。

"干什么！好痛，放开我！"

七美又叫了起来。我在办公桌下严阵以待，随时准备冲出去。对手有两个，一是梶谷，一是贵美子。

"这位小姐叫真壁七美。"梶谷说。

我瞪大了眼睛。七美的叫声止歇了。

"你为什么会知道……我的名字……"

"我什么都知道。还知道上杉先生跟你关系不错。"

"真壁小姐，"贵美子问道，"上杉先生在哪儿？"

"……"

"既然你在这里，上杉先生就不可能不在。梶谷，有没有好好找过？"

"还没。"梶谷答道，"我哪有那个闲工夫。真壁小姐很有活力，我费了好大的劲才把她带到这里来。"

"好吧。"

头的正上方传来了摆弄某物的声响。我意识到那是电话机。

"肯尼斯，先暂停丰浦君的游戏，来一下这里。我们要介绍一位可爱的女孩给你认识。"

不能再磨蹭下去了。肯尼斯一到，就彻底没机会救七美了。

我回想着办公桌上的物件各自摆在什么位置。有什么东西能当武器吗——

有了！我把抱在胸前的文件夹掷向文件资料盒，被击中的资料盒发出了一声巨响。与此同时我从桌底蹿出，直扑笹森贵美子。

"啊！"

我用左臂勾住贵美子的头颈，右手从办公桌上的笔筒中抓起裁纸刀，抵住她的颈动脉。

"放开七美！"

梶谷瞪大了眼睛。

"上杉先生……！"

七美叫道。她被梶谷从身后扣住脖颈、倒剪着双臂。

肯尼斯刚巧在这时走进房间，顿时呆立当场。

"没听到我说放开七美吗？"

贵美子在我手臂底下挣扎，我往她颈边的裁纸刀上加了一点力。

"梶谷……照他的话做。"

贵美子的声音在微微颤抖。

梶谷松开手臂，七美奋力挣脱，把他撞到一边。她逃到我身后，紧紧抱住了我。

"对不起……因为你一直不出来，我很担心……"七美哽咽着说。

我摇摇头，眼睛来回瞪视被撞到墙边的梶谷和呆若木鸡的肯尼斯。

"所以嘛……"肯尼斯举起双手，"我就说上杉是危险人物吧。"

"上杉先生。"梶谷用干涩的声音说道，"请先放开笹森女士。"

我摇摇头。

"回答我的问题！"

"问题……？"

"你们把梨纱怎么了？"

"梨纱……？高石小姐不是前些天辞职了吗——"

"胡说！"

"不，我没胡说。"

我瞪着梶谷，对身后的七美说："真壁小姐，你去看一下地上散落的文件，把梨纱的照片找出来。"

"照片……？"

"对，有张拍了裸体的照片。"

"……"

梶谷"啊"了一声，企图奔向文件资料盒。

"不许动！我会把刀刺进她的脖子！虽然只是裁纸刀，但刺进脖子的话，效果跟一般的刀可没什么两样。真壁小姐，照片。"

七美松开我，蹲下身子，在一堆文件里翻找照片。拾起包在塑料袋里的照片后，她立刻用颤抖的声音尖叫起来。

"不……！"

"没错，就是这张。梶谷先生，能向我解释一下吗？"

"不……事情不是这样的。上杉先生你误会了。我不是说了吗，高石小姐辞职了。"

"她没辞职！我要你解释这张照片，你听见没？"

"唔……"被我手臂扣住的贵美子开口说道，"那是事故……上杉先生，是事故啊。"

"事故？五年前在克莱因纪念医院发生的也是事故？"

我听到了肯尼斯吸气的声音。

"肯尼斯，你跟五年前的K1也有牵连吧？"

"……上杉先生，我不太懂你的话。笹森女士说了，高石小姐是意外事故。是我们出了点差错。"

"这个问题能用一句'出了差错'了结吗？你们隐瞒了这件事，你们甚至企图掩盖事故本身，不是吗？"

"太过分了……"七美喃喃低语。

"真壁小姐，打电话报警。"

七美点头的同时，梶谷高喊了一声"住手"。

七美扑向办公桌上的电话，抓起话筒，用颤抖的手指拨号。

"咦！"

她耳朵贴着听筒，猛然抬起头。原来是梶谷把拖在地上的电话线从墙上扯了下来。

"干什么！你这么做也无济于事。你们完蛋了。我才不管什么 DDST 呢，总之你们无法再掩盖真相了。"

我继续用裁纸刀抵住贵美子的头颈，转身对七美说："你把地上的文件全部收起来。既然不让我们打电话，我们就直接找警察去。"

"知道。"

七美赶紧收拾地上散落的文件。

"上杉先生。"肯尼斯尖声尖气地说，"我们谈谈吧。"

我摇摇头。

"没什么可谈的。很简单，我们会去报警。就这么回事。"

"请你再考虑一下——"

"没什么好考虑的。让警察和日本的法律去考虑吧。"

"……"

"收齐了。"七美把文件抱在胸前。

我点点头，朝靠在墙边的梶谷一努嘴："到那边去。"

"……"

我冲他晃了晃抵在贵美子颈上的裁纸刀，他只好默默地走到肯尼斯身旁。

"快按电梯。"我说道。

七美点头，摁了摁墙上的按钮，电梯门缓缓开启了。

"来吧，笹森女士，跟我们一起走。"

"……"

贵美子瞪大眼睛，微微摇头。我拖起她的身体。

虽然很担心梶谷和肯尼斯会逃脱，但我也没信心将三人一起带走。

七美先进电梯，我瞪着肯尼斯和梶谷，抱住贵美子向后退入电梯。七美按下了开关。

电梯门关上时，我看见肯尼斯冲出了房间。

"哐"的一声，电梯开始上升。

"真是吓死我了……"

七美将额头贴在我的手臂上。

"已经没事了，都结束了。"

就在我这么说的时候——

电梯"咣"的一声突然摇晃起来，就此停住不动了。

"怎么啦？"七美仰起脸。

我伸手去按墙上的按钮，但电梯依然纹丝不动。

"……"

我松开了扣住贵美子颈部的手臂，她顿时猛咳起来。

我不停地摁按钮，上和下都试过了，但电梯根本没有启动的意思。

"可恶！"

我拼命敲打着门，发出咣咣的回响声。我又把裁纸刀插入门缝，想试着撬开。哪知一用力，裁纸刀就嘎嘣一声断成了两截。

"上杉先生……"七美抓住我的手臂，"有股子怪味！"

"什么？"

我慌乱地环视电梯内部。

"是上面！"

靠在墙边的贵美子抬起手指。天花板的角落里有一个扩音器般大小的孔。

"没错，一切都结束了。但结束的不是我们，是你们！"贵美子说着，又捂住喉咙咳嗽起来。

"上杉先生——"

七美臂弯里的文件滑落在地。

我抱住了七美。

一股甜香的异味钻进了鼻腔。不明气体倾泻而下。我捂住嘴，弓起身子，想保护七美免于异味的侵袭。

贵美子咳个不停，瘫倒在电梯里。

我单手搂着七美，再一次死命地敲打电梯门。

"快住手！"

"咔"的一下，我顿觉膝盖一软，眼前已成白茫茫的一片，连自己是仰着头还是低着头都分不清楚了。

我只听到，远处……七美似乎在呼唤我的名字。

42

海绵胶垫突然从我脸上移开，我沐浴在一片光明之中。

"……"

我昏昏沉沉地左右张望。我是在床上，在 K2 铺着人形胶垫的床上。

深吸一口气，然后吐出。

"咦？"

我吃了一惊，从床上坐起来，俯视着全裸的自己，忍不住按住自己的胸口。

等一下，这是……

大脑一片混乱。为什么我会在这里？

——真可惜，差一点游戏就通关了。

从更衣室的天花板传来了笹森贵美子的声音。

"……"

我环顾整个房间，随后双脚下地，用力揉搓自己的脸。

——不过，到底是厉害。没想到你一口气就打到了游戏的最后。

这是怎么回事……？

我注视着紧闭的房门，又回头望向更衣柜。我的裤子正垂挂在洞开的柜门边。

——好啦，高石小姐正在等你，穿上衣服回这边来吧。

高石小姐正在等我……

梨纱吗？我的视线又移向了房门。

我慌忙跳下床，匆匆穿上内衣。

怎么回事？这到底是怎么回事？

我把腿伸进长裤，套上 T 恤，穿好鞋，一把推开了监控室的门。

门内顿时响起了一阵掌声，我困惑地环视四周，只见肯尼斯·巴多拉站起来边拍手边笑，一旁的笹森贵美子也是笑容可掬。而他俩的身后则是梨纱那张喜气洋洋的笑脸。

"梨纱……"

贵美子表情促狭地打量我的脸："吓到啦？"

"……"

"这是一个秘密。我们把游戏的结构稍微改了一下，让《脑部症候群》在不知不觉中变换成了现实的舞台。剧情都是肯尼斯安排的。"

我一抬头，就见肯尼斯冲我嘿嘿直笑："大家都是登场人物，很棒吧？"

"不……等等，可是……"我望着梨纱，"那真壁小姐呢？"

"真壁小姐？她是谁？"梨纱眨了眨眼。

"真壁七美啊。"

梨纱求助似的看着贵美子。贵美子将手搭在我的肩上。

"七美小姐是游戏里的一个角色。看来你完全搞混了。"

"胡说……不可能。"

"这……"贵美子抬头看了肯尼斯一眼，"算是大获成功了吧？还是该说成失败呢？看来把现实融入游戏，果然还是有问题的。"

"应该算大获成功吧。当然，剧情欠妥的地方还需要上杉先生再帮点忙，修改一下。"

我深深地吸了一口气，完全不明就里。

梨纱从贵美子身旁走到我面前。

"上杉先生，你不要紧吧？你看起来很疲惫。"

我抓住了梨纱的手臂。

"梨纱……这真的是你吗？"

梨纱扑哧一笑。

"是我呀，除了我还能是谁？"

我看了看梨纱的耳朵。金色的小圆耳环闪闪发亮。

啊，我突然想到了一件事。

"我在壶里待了多久？"

"这次稍微长一点，大概一小时吧？"

"一小时？"

我抬头看挂在控制台上方的钟，指针正指向三点十七分。

"其实呢，我是想再早一点结束游戏的。"贵美子说，"只是上杉先生的游戏进行得非常顺利，所以我就决定看看你能进展到什么阶段。结果令人震惊，你只玩了一小时就冲到了最后一关。真不愧是游戏作家，我和肯尼斯都对你佩服极了。别的人根本做不到。"

"等一下，究竟从哪里开始是游戏啊？"

"从哪里开始？就是从游戏开始的地方开始啊。"

"游戏是从哪里开始的？"

"哎呀……你不会是忘了吧？不就是从《脑部症候群》里那个护照伪造所的场景开始的吗？"

"护照伪造所……"

是映一出车祸的消息突然传来之前的那次游戏！这么说——

"不对啊，那样的话，就意味着我在 K2 里待了好几天。"

"没错，你是在游戏里……唔，度过了几天来着？"

贵美子回头看着肯尼斯。肯尼斯两眼望天，扳起了手指。

"六天吧？第一天和最后一天都包括进去是六天。"

"可是……"我再次看钟，"你说的是一个多小时……"

"没错，这是现实中的时间。但在游戏里，这一个小时让你有了六天的体验。"

"这怎么可能……"

"当然可能，这就是 K2 的好处，否则怎么做成长篇大游戏？"

"……"

"好啦，现在轮到高石小姐了。上杉先生，请你到对面的房间等着吧。"

我回头望着梨纱，她给了我一个笑脸。

"回头见，我去啦。"

"……"

梨纱迈着轻快的步伐走向更衣室。我默然离开监控室，正要去小房间，却忽然转念，返身向走廊的另一头走去，最后在厕所对面的房门前站住了脚。

我握住门把，一鼓作气打开了门。

梶谷孝行从办公桌后抬起头。

"上杉先生……有什么事吗？"

我瞥向桌旁的墙壁。那里并没有电梯门。

"不……没什么。失礼了。"

我上完厕所，回到了小房间，在折叠椅上坐下，两肘撑在桌上。

"七美……"我低声呼唤着。

难道那真的只是游戏吗？

不经意间，我的手伸进了口袋。啊！我立刻掏出皮夹，仔细翻找起来。

"⋯⋯"

姬田的名片遍寻不获。

这么说，姬田也是游戏里的角色？

我用手掌按住脸颊，只觉得那里还残留着七美脸上的温度。那是在电梯里紧紧抱住她时感受到的。

"嗨，真是太棒了。"贵美子边说边走进小房间。

我抬头看她。

"今天可以就到此为止吗？"

"也是——刚才那次玩得太久了，想必会很累啊，都持续了一个多小时呢。就这么办，等高石小姐结束了，我们就收工。"

我的目光移向了贵美子的颈部。

我想看看⋯⋯那里有没有被裁纸刀抵住过的痕迹。然而，根本就无迹可寻。

我注视着贵美子。

"你能不能告诉我？"

"什么？"

"这里是沟之口办公室的地下吗？"

"啊⋯⋯不是的。是肯尼斯提议，在游戏里这样设定会比较有趣，所以我们就这么弄了。"贵美子"嗯嗯"地冲我点头，"好吧，离高石小姐结束游戏还有一段时间，我们走吧。"

"走？"

我仰面看着贵美子站起身来。

"你想知道这是哪儿，对吧？你也算工作人员之一，而且我们总不能一直瞒着你吧。"

"……"

我从椅子上站起来，步入走廊，与贵美子一起乘上电梯——那座通往车库、只有地板没有四壁的电梯。

车库中除了茶褐色箱型车之外，还有三辆小汽车。

我仔细观察箱型车下方，将视线集中在轮胎底部。然而，支撑轮胎的只是水泥地，完全看不到滚筒。

贵美子径直走到卷帘门前，打开旁边墙上的方形控制面板，摁了个按钮。

卷帘门发出"哗啦哗啦"的声响，徐徐上升。

"……"

外面的光照进了车库。

卷帘门外，绿油油的农田一望无际。

贵美子从卷帘门下方钻了出去，我也紧随其后。来到外面，我回身再看车库。

"……"

车库孤零零地坐落在农场里。放眼望去，到处都是农舍的屋顶。

"这里是相模原啦。"

"相模原？"

"对，相模原市南大沼。"

贵美子说着，举起双手伸了个懒腰。

我不禁再一次回头望向车库。

43

我和梨纱在沟之口坐上了回家的电车。

"要不要去二子转转？"梨纱问我。

"不了，接下来我要去个地方。"

"哎呀，真遗憾。"

"晚点我可不可以去你的公寓？"

"……"

梨纱用惊愕的目光看着我。

"我的公寓……你知道在哪儿？"

"不是涩谷的圆山町吗？"

梨纱的眼睛瞪得更大了。

"你怎么会知道？我没告诉过你吧。"

"我是在游戏里得知的。"

"……游戏？游戏里出现了我的住处？"

"嗯。我还看到了你的裸体。"

"骗人……"

我笑着摇头。

"你又想唬我？"梨纱瞪着我。

"我可以去吗？"

"……总觉得有股危险的气息啊。"

"好吧，如果你不愿意，我也不勉强。"

"太容易放弃也会让人生蒙受损失哦。"

"那我就决定硬闯了。"

与梨纱告别后，我马不停蹄地去了大手町。

我在楼与楼之间穿梭，寻找姬田工作的电视台。

"……"

记忆变得不正常了。在印象中的地方，怎么也找不到那栋屋顶竖有铁塔和抛物面天线的大楼。

我只好暂且返回报社，从那里重新沿之前和七美一起走过的路线前进，但还是看不到那栋大楼。

我又找派出所问路。

"不，这里没有你要找的电视台。"警察摇头看着我。

我再度坐上电车，在涩谷下车。前往梨纱的公寓之前，先去了一趟公园大道。我走进PARCO商厦两馆之间的小路，向右拐去。

"──"

"Humpty Dumpty"不见了。跟七美初次约会的地方，本应是咖啡店的地方，如今只有一幢老旧的办公楼矗立在那里。

我向圆山町走去。

从豪宅和大厦之间穿过，只见两层高的木造公寓仍好端端地立在原处。从外面往楼里张望，可以看到二楼最里头那家的窗户亮着灯。

我走上楼梯，来到梨纱的房门前，心中突然一动，把手伸向了门的上方。那里没有钥匙。

我敲了敲门。

"哪位？"

"我是上杉。"

门开了，梨纱探出脸来。

"欢迎光临。"

"我可要进去了。"

"请吧。"

屋内的情形与我的记忆一致，但只有一点不同，收纳箱旁边没有红色的大旅行包。

七美的一切都消失了——

"我正在做杂烩饭，你想吃吗？"

"感激不尽，我肚子都饿瘪了。"

"马上就好。"

"需不需要我帮什么忙？"

"不用，客人就好好坐着吧。"

我坐在地毯上，望着洗碗池旁的梨纱。

总觉得心里像被挖开了一个洞。

只要进入 K2——有个声音在我脑中低语。只要进入 K2，就能见到七美。在那里面，姬田还站在复印机旁，"Humpty Dumpty"的墙上也挂着爱丽丝的画。

——从开始的地方开始，在结束的地方结束。这样就行。

七美的声音在我耳内回响着。

我和梨纱一起吃了晚饭——杂烩饭和麦茶。

"总觉得你好安静哦，上杉先生。"

"……是吗？"

"嗯。别老是不说话啊，我会害怕的。"

"不好意思，我正在想事情。"

"想什么？"

"在想有没有什么办法能让我赖在这里，直到最后一班电车开走。"

"笨蛋。"

梨纱笑了。

晚餐结束后，我俩看起了电视。我倚着床，手自然而然地搂住了梨纱的肩。她把头靠在我的肩上。

电视里在播放外国电影。每当画面变暗，屏幕就会反射出我和梨纱的身影。

我没注意电视的画面，只是盯着映在屏幕上的自己和梨纱。随着画面的变化，两个身影时而浮现，时而隐没。

我把空着的那只手举到眼前看着。握紧，然后松开。

"啊呀，你的命运线好清晰。"

梨纱拉过我的手。

"命运线、生命线、感情线……"她嘴里念叨着，用指尖逐一抚摸。

这真的是我的手吗？

我把手交在梨纱手里，一边思索着。

抑或是电脑在我视网膜上映出的模拟影像？

我紧紧握住梨纱的手，这只手柔润而光滑。

我该如何辨别？我要怎么做才能确知，此时此刻我所见到的事物是真实存在的呢？这只手在壶内还是在壶外？

——假如在游戏里泡到了女孩子，是不是还能做爱啊？

我想起了丰浦利也说过的话。

对了，丰浦也消失了。

梨纱凝视着我。她的鼻子近在咫尺。我俩的鼻尖蹭在了一起，梨纱缓缓闭上了眼睛。于是我贴近她的脸，让唇与唇轻轻触碰。她的吐息拂过我的脸颊。我加深了吻，她的气息中顿时掺杂了如啜泣般的声音。

——快回去。

百濑的声音从梨纱的喘息中传来。

——趁现在还可以控制，快逃吧。

我抱住梨纱，手上用力。

梨纱双眸微闭，我学着她的样子，也慢慢闭上了眼。

44

翌日清晨，我不等梨纱醒来就离开了她的公寓。先是回了一趟自己的住所，拿上银行存折，前往新宿。等到银行开门，我便取出了所有存款，随后直奔电车站，跳上了特急电车。我没有给梨纱打电话，也没有通知姐姐。

我在这阁楼上差不多已居住了一个月。如今，用圆珠笔在笔记本上奋笔疾书已成为我生活的全部。幸好直到今天，把我拖出阁楼、塞回壶的人仍没出现。我也不知道是否有人在找我。

不想再琢磨这件事，但思绪却始终无法摆脱。回过神时，我发现我正在凝视镜中的自己。

胡子长了，脸有点脏，像个营养不良的流浪汉。镜中的我，胡子每天都会长长一点点。指甲也是。我用指甲夹住胡子用力一扯。

痛。

白色的毛根如鞘壳一般，紧裹着拔下的胡须末梢。

——趁现在还可以控制，快逃吧。

记忆之中，百濑伸夫仍在不断地警告我。

我的意识终究逃得迟了。越是思前想后就越是难以掌控。好几次，我朝着山那边喊叫，感觉自己的情绪正在逐渐麻木。

这里是哪一侧？

我再度打量镜子。

"不管是在哪一侧，都没有太大的区别。"我试着出声说话。

既然缺少证明的手段，那么继续思考本身也就毫无意义了。反正答案非此即彼。

不是壶内，就是壶外。

假如我在壶内，那么一切都是真实存在的。DDST、真壁七美、姬田恒太、丰浦利也——都是真实的。我和七美在电梯里晕倒，然后我被搬入壶中。此时此刻，伊普西隆研发公司的电脑仍在不停地朝我的身体传送模拟感受。其实我眼前没有笔记本，右手也没握笔。

相反，如果这是在壶外，那就意味着我已精神崩溃。我被"克莱因壶"制造的、根本不存在的幻影所纠缠，犹如一具全面失控的残骸。

镜子，映出了我的身影。

然而，人们为什么能断言自己在镜外、映出的影像在镜内呢？谁也无法直接看见自己的眼睛。想知道自己的瞳孔颜色，就只能窥视镜子。既然如此，或许双瞳仅存在于镜中，不是吗？

现在想想，与"克莱因壶"扯上关系的最初一瞬间，我就已经被吸进壶里了。一定是的。正如拿起镜子时，双瞳会被摄入镜中世界一样。一旦被吞入，就绝无可能爬出去。

从阁楼的窗户向外眺望，山叶开始渐渐转红。我下山买的报纸上还在大肆报道残暑未消，这一带却已是秋意袭人。

这时，一只翠羽鸟从我眼前飞过，唯有翅膀的中央夹着一道白纹。

笔记本旁放着刮胡刀及刮胡膏。这是我从镇上的超市买来的。

刚才我到一楼，往浴缸里放了水。这幢建筑不供应热水，屋后的灯油罐和煤气瓶全都空空如也，所以只能洗冷水澡。只有自来水还算方便，拧开正门旁的总开关就能出水。

我打算写完这段话，就下楼去浴室把脏胡子刮掉，然后从刮胡刀上拆下刀片，躺进浴缸。我想裸身在浴缸里躺下，用刀片割腕试试。

这是留给我的最后一招。

这里是壶内还是壶外，别无他法验证。我只能在浴缸里割腕。

然后会怎样，我不知道。我甚至无法看到结果。如果这是壶内，恐怕会游戏终止。如果这是壶外——

其实，结果如何并不重要，将这百转千回的思绪击个粉碎才是我的本意。

"从开始的地方开始，在结束的地方结束。这样就行。"

就这么做吧，我想。

（完）